KRISTIANE ALLERT-WYBRANIETZ (Hrsg.)

Zwei Koffer voller Sehnsucht

KRISTIANE ALLERT-WYBRANIETZ (Hrsg.)

Zwei Koffer voller Sehnsucht

Geschichten und Märchen
zum Nachdenken

Mit Fotos von Volker Wybranietz

WILHELM HEYNE VERLAG
MÜNCHEN

Copyright © 1993 by Wilhelm Heyne Verlag GmbH &Co. KG, München
Einzelrechte: Siehe »Die Autoren«
Gesamtgestaltung: Norbert Härtl
Satz: Compusatz, München
Druck und Bindung: RMO, München
Printed in Germany
ISBN 3-453-06926-9

INHALT

Vorwort 7

Gustav Damann: Blumen für Gerda 9
Heinz Dietz: Wochenende 14
Jürgen Flenker: Single 18
Frithjof Fratzer: Kinder, Eure Heimat 20
Christine Gansen-Hainze: Marie 22
Renate Göschel: Die Sterndistel 26
Renate Göschel: Die Krone der ewigen Schönheit 30
Marcel Hänggi: Variation über das Paradies-Thema Nr. 1 34
Reginald Hanicke: Verzückt 36
Burkhard Hedtmann: Der Alte 39
Sibylle Hösch: Seine Hände 41
Dietmar Hösl: Zwei Koffer voller Sehnsucht 46
Christiane Krause: Der Lebensbaum 51
Hans Kreiner: Die Burgruine 55
Rudy Kupferschmitt: Ihr Kind 58
Edith Leidag: Zwanzig Quadratmeter 61
Anke Levermann: Die Melodie des Lebens 67
Werner Lindemann: Schwalben 74
Birgit Nowiasz-Otten: Das Mädchen mit den roten Haaren 75
Birgit Nowiasz-Otten: Der Mann, der das Einhorn sehen wollte . . . 81
Herdecke von Renteln: Das Liebste
              Erinnerung aus dem Jahr 1938 86
Theo Schmich: Die Tanne vor meinem Haus 88
Suse Schneider-Kleinheinz: Der Zahnbeißer 90
Heinrich Schröter: Die Traumfrau 93
Bettina Sternberg: Die Liebe der Wölfin 94

Margit Suez: Hedu 110
Heinrich Wiedemann: Das Protokoll 112
Ingrid Würtenberger: Beben 117

Die Autoren 123
Ein Hinweis zum Schluß 126

VORWORT

Schon seit vielen Jahren ist es mir ein besonderes Anliegen, Menschen, die schreiben, sich aber im Literaturmarkt — wie so viele — nur schwer zurechtfinden, mit Rat und Tat beiseite zu stehen.

Wichtig erscheint es mir auch, ein Forum zu schaffen, in dem ausgewählte Arbeiten der Öffentlichkeit vorgestellt werden können. Im Wilhelm Heyne Verlag in München fand ich für dieses Projekt einen aufgeschlossenen Partner, mit dem ich in den vergangenen Jahren bereits vier Anthologien mit poetischen Texten erfolgreich realisieren konnte.

Gewissermaßen Premiere hat nun eine neue Reihe, eine Reihe, in der Geschichten und Märchen aus der Feder verschiedene Autoren vorgestellt werden und deren ersten Band „Zwei Koffer voller Sehnsucht" Sie, liebe Leserin, lieber Leser, nun in den Händen halten.

Mich persönlich haben diese Geschichten und Märchen angerührt. Dies auf sehr unterschiedliche Weise. Da gibt es zum Beispiel Geschichten von Hoffnung und Mut. Hoffnung und Mut brauchen wir in Zeiten wie diesen besonders. Es gibt satirische Beiträge, wo man zunächst nicht weiß, ob man über sie lachen oder weinen sollte. Und es gibt Erzählungen, die die Last des Alt- und Alleinseins, die Schrecken des Unheils und des Krieges beschreiben; nicht um diesen zu huldigen, sondern um Realitäten aufzuzeigen, die uns heute nicht direkt betreffen. Diese Realitäten aber aufzuzeigen, zu erinnern, zu mahnen, alles zu tun, sie zu verhindern, ist Sinn dieser Anthologie.

Eines aber haben alle Geschichten und Märchen gemeinsam: Sie wehren sich gegen Gedankenlosigkeit und Gleichgültigkeit, denn Gedankenlosigkeit und Gleichgültigkeit können wir uns heute nicht mehr leisten. Nirgendwo und nirgendwann.

GUSTAV DAMANN

BLUMEN FÜR GERDA

Ich hatte einige Blumen besorgt. Das war gar nicht einfach – mitten im Krieg und im Winter. Ich wollte sie Gerda schenken und sie fragen, ob sie meine Frau werden wolle. Sie hätte vielleicht geantwortet:»Du meinst, du willst mich heiraten? Weißt du denn nicht, was deine Kameraden über mich sagen? Sie sagen, ich sei so eine... Na, du weißt schon...« Und ich hätte ihr erwidert:»Nein, Gerda, du bist nicht so eine. Du bist eine sehr liebevolle Frau.«
Ich hatte Gerda im Dezember 1944 kennengelernt, als ich nach meiner Verwundung als Kanonier der Flugabwehr im Ruhrgebiet eingesetzt wurde. Die Besatzung unserer Stellung bestand nur aus Invaliden, Greisen und blutjungen Luftwaffenhelfern; dazu kamen in der Nachbarstellung noch einige Helferinnen, deren Aufgabe die Bedienung der Scheinwerfer war – und dort war Gerda eingesetzt.
Jede Nacht war Fliegeralarm. Unsere Stadt war schon mehrmals bombardiert worden, doch hatten die feindlichen Bomber unsere Flakstellung bisher noch nicht getroffen. Aber eine dauernde Angst saß uns im Hirn und in den Gliedern.
Unsere Luftwaffenhelfer, jeder für sich kaum älter als 16 Jahre, wurden zusehends unsicherer und ängstlicher, auch wenn sie die Furchtlosen spielten. Der Jüngste in unserer Batterie war Alfred, erst fünfzehn Jahre alt und mit seinem »Milchgesicht« noch ein richtiges Kind. Er hatte noch keinen Stimmbruch und war viel kleiner und auch ängstlicher als seine Kameraden.
Am Weihnachtsabend 1944 wurde in unserer Küchenbaracke eine kleine Feier veranstaltet, zu der die Frauen aus dem benachbarten Stadtteil uns und die Scheinwerfer-Helferinnen eingeladen hatten. Es gab Kaffee – Malzkaffee –, Gebäck und viel Alkohol, dazu einige musikalische und

literarische Vorträge. Alfred saß neben mir und war den ganzen Abend auffällig blaß und still. Einige Male schon hatte ich versucht, ihn aufzumuntern. »Mensch, Alfred, laß doch den Kopf nicht hängen! Komm, trink einen Schnaps mit mir!« Er nickte nur. »Also, prost! Du hast Heimweh, stimmt's?« »Ja.« – »Ich wär jetzt auch lieber zu Hause. Dieser Scheißkrieg! Hast du daheim 'ne Freundin?«

»Nein.« Er wischte sich heimlich eine Träne ab und flüsterte: »Ich wär' am liebsten bei meiner Mutter.« »Dann trinken wir auf deine Mutter. Sie soll leben! Prost!« Zögernd hob er sein Glas, kam aber nicht zum Trinken. Ein Weinkrampf schüttelte ihn so sehr, daß ich erschrak. Sein Kopf war auf seine Arme gesunken, und er stammelte immer wieder: »Mutter!« Ich wußte nicht, wie ich ihm helfen konnte.

Gegenüber an unserem Tisch saß Gerda, die ebenfalls aufmerksam geworden war. Ich bat sie, sich um Alfred zu kümmern. Da frotzelte ein Kamerad: »Ja, wie die sich kümmert, weiß ich schon. Und die Knäblein sind ihr doch am liebsten.« Und alle am Tisch lachten brüllend und schlugen sich auf die Schenkel dabei. Ich fuhr sie an: »Haltet den Mund! Ihr tut Gerda unrecht. Ihr Blödmänner, ihr!« – Gerda kümmerte sich nicht um diese Anspielung, sie stand auf, setzte sich zu Alfred und streichelte sanft sein Haar, ohne ein Wort zu sprechen. Er legte seinen Kopf an ihre Schulter, und bald hörte er zu weinen auf. Sie nahm ihr Taschentuch und wischte ihm die Tränen ab, die noch in seinem Gesicht hingen. Dann sank sein Kopf an ihre Brust, er murmelte lächelnd »Mutter!« und schlief ein. Gerda und ich brachten Alfred in seine Baracke, zogen ihn aus und legten ihn ins Bett. Gerda blieb noch eine Weile bei ihm sitzen, bis er wieder eingeschlafen war. Ich flüsterte: »Danke, Gerda, danke!« Sie schaute mich an und meinte: »Ist schon in Ordnung, Anton, Geh'n wir wieder 'nüber und feiern das große Besäufnis weiter? Lust hab' ich keine.« Sie seufzte, schüttelte unmerklich den Kopf. »Na gut, geh'n wir!«

Ende Februar erwischte es dann auch uns. Bei einem nächtlichen Angriff wurde unsere Stellung schwer getroffen. Die Bomben zerfetzten vierzehn Kameraden und verletzten elf weitere schwer. Unsere Unterkünfte brannten, und nichts als das, was wir auf dem Leib trugen, war uns geblieben. Alfred lag schwer verletzt in einem Bombentrichter; beide Beine waren weggerissen, und er blutete stark. Vor Schmerzen schrie er

11

laut, und seine Schreie mischten sich mit dem Krachen der Bomben und dem Prasseln des Feuersturms in der brennenden Stadt. Wir sammelten die Toten und Verletzten auf einem Acker, denn auch die Sanitätsbaracke war völlig zerstört worden. Ich war nur leicht am linken Oberarm verwundet, wo mich ein Bombensplitter geritzt hatte. Ich legte Alfred zu den anderen Verwundeten – ein Anblick voller Grauen und Entsetzen. Wie sollten wir ihnen helfen? Man sah Alfred an, welch wahnsinnige Schmerzen er hatte. Ununterbrochen schrie er: »Mutter! Hilf mir! Mutter!« Da sah ich Gerda, die sich um die Verletzten mühte, so gut sie konnte. Ich rief: »Gerda! Geh doch zu Alfred! Hilf ihm doch!« Sie schaute mich totenblaß an und murmelte: »Helfen? Wie denn?« Ich zuckte völlig hilflos mit den Schultern und bemerkte nun, daß Gerda weinte. Da überkam mich ein unbändiger Zorn, ein Zorn auf Gott und die ganze Welt, auf all das unsagbare Elend, das über uns hereingebrochen war, und ich schrie: »Verdammt! Gottverdammt!« Und als Gerda mich entsetzt ansah, rief ich: »Gerda, tu doch was! Verdammt noch mal! Tu doch was!« Da ging sie zu Alfred und setzte sich zu ihm. Sie deckte ihn mit ihrer Jacke zu und legte seinen Kopf in ihren Schoß. Leise sagte sie zu ihm: »Alfred, sei still. Sei ganz still!« Sie streichelte sein Gesicht und sprach immer wieder beruhigend auf ihn ein. Doch er schrie immer wieder: »Mutter! Mutter!« Voller Entsetzen starrte er ins Leere. Da öffnete sie ihr Kleid, beugte sich tief über sein Gesicht, nahm ihn in ihre Arme und umschlang ihn ganz fest. »Ja, Alfred, ich bin bei dir. Hab' keine Angst! Ich bin ja bei dir.« Als er ihren weichen Busen spürte und ihre warme Stimme hörte, ließ sein Schreien nach. Er schaute sie an und fragte stöhnend: »Mutter?« – »Ja, ich bin bei dir. Ich helfe dir.« Alfred entspannte sich etwas und atmete ruhiger. Gerda wischte ihm den Schweiß von der Stirne und küßte sein Gesicht. So saßen sie eine lange, lange Weile. Ich legte Gerda meinen Mantel um, denn es war bitter kalt.

In der Hölle der brennenden Stadt explodierten immer noch die Spätzünder, und das Flammenmeer warf ein gespenstisch schillerndes Bild an die Wolken. Gerda sprach immer noch leise zu Alfred, und er hörte ihr zu. Als ich wieder zu ihnen trat, räusperte sie sich und flüsterte: »Er stirbt.« – »Dieser Krieg! Diese armen Kinder!« – »Ja, diese armen Menschen überall!« Dann schaute sie mich an und sagte: »Er stirbt friedlich.« Da begann Alfred zu röcheln; er bewegte die Lippen und wollte noch etwas sagen. Doch es war nur ein Wort zu verstehen: »Mutter!« Dann hörte er auf zu atmen. Er war tot. Gerda drückte ihm die Augenlider zu und sagte: »Er hat es überstanden. Das steht uns noch bevor.« Dann drückte sie ihm zum letzten Mal einen langen Kuß auf den Mund, der nun ganz still und friedlich war.

Inzwischen war es unheimlich ruhig geworden. Kein Schreien, kein Stöhnen, kein Röcheln mehr. Alle Schwerverwundeten waren tot. Wir legten Alfred zu den anderen Toten. Ich wandte mich ab, konnte den Anblick nicht mehr ertragen, ich war aufgewühlt und völlig ausgebrannt. Gerda kniete noch neben Alfred. Als ich mich nach ihr umschaute, sah ich, daß sie ein Gebet sprach. Sie endete mit der Bitte: »Erlöse uns von dem Bösen.« Dann fiel sie um, bewußtlos. Ich legte sie behutsam auf die Erde. Sie hatte hohes Fieber.

Diese Nacht hatte in unserer Stellung 25 Tote gefordert. Als der Morgen graute, stellten wir Überlebenden ein notdürftiges Zelt auf und setzten uns hinein, sprachlos, hilflos, entsetzt. Uns standen noch das Grauen und der Schrecken des Infernos in den Gesichtern. Ich hatte Gerda neben mich gelegt und sie mit meinen Kleidern zugedeckt. Ab und zu gab ich ihr zu trinken und wischte ihr den Schweiß vom Gesicht. Was war sie für eine Frau! Da beschloß ich, sie zu heiraten, wenn sie mich haben wollte. Am Abend lieferten wir sie ins Lazarett ein.

In den nächsten Tagen hatten wir viel mit Aufräum- und Aufbauarbeiten zu tun. Neue Luftwaffenhelfer kamen in die Stellung, noch jünger, noch ängstlicher, die eingewiesen werden mußten. So kam es, daß ich erst einige Tage später an mein Vorhaben denken konnte: Ich wollte Gerda im Lazarett besuchen und um ihre Hand anhalten.

Ich hatte einige Blumen besorgt. Das war gar nicht einfach – mitten im Krieg und im Winter. Doch als ich ins Lazarett kam und nach Gerda fragte, sah man mich betreten an. Gerda war in der Nacht vorher an einer Lungenentzündung gestorben.

HEINZ DIETZ

WOCHENENDE

Endlich Zeit. Zeit, um sie mit der Familie zu verbringen. Am Wochenende merkt man überhaupt erst, daß man eine Familie hat: eine Frau und zwei entzückende Kinder.
Es liegt daran, daß ich arbeite, die ganze Woche arbeite, hart und lange. Auf meinen Schultern lastet Verantwortung. Ich bin ein Mensch, der gern Verantwortung trägt, im Betrieb und zu Hause. Gerade zu Hause und gerade am Wochenende.
Die Planung des Wochenendes ist eine Sache, die man nicht zu leicht nehmen sollte. Wie schnell ist so ein Wochenende verpatzt. Nichts unternommen, nichts erlebt, nur im Haus herumgehockt und sich gegenseitig auf die Nerven gefallen.
Bei uns gibt's das nicht. Nicht mehr. Wir unternehmen etwas, machen Ausflüge, fahren dorthin, wo es interessante Dinge zu sehen gibt. Zuerst war meine Frau etwas skeptisch, doch nun ist sie begeistert. Sie hat sich einen Fotoapparat gekauft, einen von diesen, die sehr einfach zu bedienen sind, die aber doch qualitativ sehr schöne Fotos machen, um unsere Ausflüge im Bild festzuhalten.
»Du«, hat sie gesagt, »hast deine Videokamera. Ich möchte gern fotografieren. Möchte Alben anlegen, die ich in der Woche mit den Kindern zusammen ansehen kann.« Das war eine ausgezeichnete Idee. So können sie sich die Alben ansehen und sich erinnern. Die Video-Filme, meine Video-Filme, werden nur gezeigt, wenn ich dabei bin, werden nur von mir persönlich vorgeführt, darin bin ich sehr eigen.
Wochenende! Es ist soweit. Meine Frau ist noch mit ein paar Vorbereitungen beschäftigt, Proviant einpacken und so. Ich sitze vor dem Radio, um die für uns in Frage kommenden Veranstaltungshinweise abzuhören. Einiges haben sie schon gebracht, aber wirklich Interessantes, Spektakuläres war noch nicht dabei. Doch das wird noch kommen. Bis jetzt haben

wir immer noch ein tolles Erlebnis und herrliche Aufnahmen ergattern können. Und da ist sie, die Durchsage. Schnell mache ich mir einige Notizen. Nun ist Eile geboten. Los, Los! Proviant geschnappt, Koffer mit der Video-Ausrüstung, die Campingstühle sind schon im Wagen, auf geht's. Noch nicht – meine Frau hat ihren Fotoapparat vergessen, zurück ins Haus, dann geht es wirklich los.

Wochenende! Autobahn Frankfurt. Ziemlich voll, aber wir kommen zügig voran. Die Kinder fragen, was wir sehen werden, und auch meine Frau will wissen, was uns erwartet. Ich bleibe stumm, lächle nur. Es soll ein kleines Geheimnis bleiben, eine große Überraschung werden. Diesmal ist es wirklich etwas Besonderes. Das hatten wir lange nicht. Wir nähern uns. Man merkt es daran, daß der Verkehr noch dichter wird.

Wochenende! Jetzt haben wir den Stau erreicht. Schrittempo. Durchhalten bis zur nächsten Ausfahrt. Die Kinder werden unruhig, versuchen, fast auf den Rücksitzen stehend, etwas zu erspähen, doch noch ist es nicht soweit, noch nicht ganz. Die Ausfahrt. Runter von der Autobahn und die nächste Auffahrt wieder 'rauf. Diese Tricks muß man einfach kennen. Wir sind ganz nah dran. Der Verkehr steht fast. Ich schätze noch einen Kilometer, eine halbe Stunde, dann sind wir da. Meine Frau überprüft ihren Fotoapparat, die Kinder sitzen wieder, ruhig und doch freudig erregt. Gang rein, Gas, Bremse, Gang raus, wieder rein, Gas, Bremse, Gang raus... Da ist es! Wir können sie sehen. Einen Moment noch, und wir haben es geschafft. Ich parke den Wagen auf dem Grünstreifen. Es ist der letzte Parkplatz. Und jetzt schnell, vielleicht können wir noch einen guten Platz erwischen. Provianttasche, Kamerakoffer, Campingstühle, Kinder, Frau – alles da. Den letzten Rest des Weges legen wir zu Fuß zurück. Wir erreichen die Absperrung. Es sind schon etliche Leute da. Man kennt sich. Zwar nicht namentlich, aber die Gesichter sind einem bekannt. Man teilt ein gemeinsames Hobby, man sieht sich oft. Ein Kopfnicken hier, ein Winken dort, dann das Aufstellen der Stühle.

Wochenende! Wirklich ein ganz besonderes. Ein Tankwagen ist in den Unfall verwickelt. Das Benzin ist ausgelaufen. Die Feuerwehr versucht eine Entflammung mit Bindemitteln und Wasser zu verhindern. Möglicherweise haben wir Glück, ein Feuer oder eine kleine Explosion wären schön. Der Tankwagen liegt auf der Seite. Die beiden Pkw, einer scheint

nagelneu gewesen zu sein, sind stark demoliert. Meine Frau lehnt sich in ihrem Stuhl zurück und zündet sich eine Zigarette an. Die Krankenwagen sind noch nicht da. Wie immer. Es ist komisch. Immer ist die Feuerwehr zuerst da, dann die Polizei, zuletzt kommen die Krankenwagen. In diesem Fall ist die Reihenfolge vielleicht sogar angebracht, wegen des Tankwagens, aber die Verletzten, die auf dem Grünstreifen jenseits der Absperrung liegen, sind bestimmt anderer Meinung. Ein Verletzter hat die Beine hochgelegt. Schock, schätze ich, meine Frau tippt auf Gehirnerschütterung. Die Feuerwehrleute haben Erste Hilfe geleistet.
Wochenende! Ganz langsam rollt der Verkehr an der Unfallstelle vorbei. Die Fahrer und anderen Insassen verrenken sich fast die Hälse, aber sie müssen weiter. Waren nicht vorbereitet wie wir, nichts geplant. Die Krankenwagen sind immer noch nicht da, doch in der Ferne hören wir die Signalhörner. Meine Frau öffnet die Proviantasche. Sie wickelt die Hühnerschenkel aus. Mein Jüngster nimmt die Ketchupflasche. Da kommen die Krankenwagen. Wir applaudieren, als die Sanitäter herausspringen. Mit Tragen hasten sie zu den Verletzten. Das ist nicht einfach. Polizisten müssen erst eine Bresche in die Zuschauer schlagen. Das sind die Neuen, die ohne Erfahrung, wohl zum ersten Mal dabei sind. Die

kennen die Regeln noch nicht: Weg von den Sanitätern, da verstehen die Polizisten keinen Spaß, die Sanitäter müssen durch. Es ist ein ziemliches Gedränge. Irgendjemand stößt mich an. Das ist ärgerlich, weil ich verwackle. Ausgerechnet als einer der Sanitäter stolpert und der Tankwagenfahrer von der Trage rutscht. Egal. Jetzt schnell einen Schwenk über den Tankwagen und dann die Totale auf den Tankwagenfahrer, der am Boden liegt. Sein Druckverband hat sich gelöst. Blut spritzt. Ich bin voll drauf mit der Kamera. Meine Frau knipst ein Bild nach dem anderen. Wir alle feuern den Sanitäter an, der sich bemüht, die Wunde neu zu verbinden. Er schafft es in kurzer Zeit, macht eine knappe Verbeugung in unsere Richtung und bringt mit einem Kollegen den Tankwagenfahrer auf der Trage zum Krankenwagen.
Wir applaudieren. Mein Magen meldet sich, ich habe Hunger. Die Verletzten sind jetzt alle weggebracht. Nun beginnt man mit den Aufräumungsarbeiten – nicht sehr interessant, reine Routine. Ich beiße in den Hühnerschenkel, Ketchup tropft auf meine Hose. Die Kinder spielen mit den anderen Kindern. Meine Frau scheint eingenickt zu sein. Ich wische meine Hände an einer Serviette ab, dann gehe ich zum Wagen und schalte das Autoradio ein. Das Wochenende hat gerade erst begonnen.

JÜRGEN FLENKER

SINGLE

Morgens vorm Spiegel: merkwürdiger Anblick. Vertrauter Fremdling hinter quecksilberbeschichtetem Glas. Maskenhaft verzerrt, ein unbekanntes Gesicht. Das eigene Ich also, potentieller Lebenspartner. Die Wohnung durch plötzliche Leere größer wirkend, befreit von überflüssig gewordenem Inventar: Ergebnis gütergemeinschaftlichen Zusammenlebens. Zudem: ungeahnter Raumzuwachs im partnerschaftlichen Bett. Allenfalls als Manko empfunden: das plötzliche Fehlen der Kaffeemaschine. Später am Herd: Aufbrühen von Instantkaffee. Ich bin so frei. Unbekannte Nachlässigkeit beim Frühstück. Mit dem Finger den Rest von Marmelade aus dem Glas kratzen. Sich unbeobachtet wissen, wiedergewonnene Freiheit auskosten, das domestizierte Selbst renaturieren: Ausbruch unmerklich angestauten Nachholbedarfs.

Dann langsames Reifen eines Entschlusses: Vergangenes vergangen sein lassen. Den Blick starr nach vorn gerichtet, gerät Alleinsein zur einzig annehmbaren Form der Daseinsbewältigung. Was gut für mich ist, weiß ich selbst am besten. Seelische Kompensation durch solitäre Flucht nach vorn, unwiderstehlicher Drang zu den Ufern modisch kultivierter Unverbindlichkeit.

Schweifender Blick im halbentleerten Raum: Weiße Flecken hinter abgehängten Bildern beschämen die graue Tapete, gaukeln erfolglos den Stillstand der Zeit vor. Vorübergehendes Verharren des Blicks: dort die Fotografie neben dem Fenster, der partiellen Wohnungsauflösung irrtümlich entkommen, lithographiertes Relikt zweigeteilter Vergangenheit: Rosa Luxemburgs kämpferisches Profil, permanent kündend den Satz von der Freiheit, die immer die Freiheit des Andersdenkenden sei. Entschlossenen Schrittes zum Fenster, Abnehmen des Bildes, ein Opfer persönlichen Stilwillens, Verbannung inmitten wertlosen Krams.

Mittags ein Mikrowellengericht. Das Leben ohne Zeitverlust. Garzeit 3–6 Minuten. Die schnelle Vollwertküche für Singles. Marktorientiertes Zugeständnis konsumentenfreundlicher Werbestrategie. Zeitgeist rhetorisch komprimiert.

Vor dem Schlafengehen nochmal hinaus: Eintauchen in bierdünstige Männerfreiheit. Die Kneipe als Garant seelischer Unversehrtheit. Melancholie ertrinkt in geduldigen Gläsern.

Auf dem Heimweg: angenehme Leichtigkeit gepaart mit schaukelnder Leere. Alkoholisch paralysiert tappen die Ängste schwankend im Dunkeln. Dann: Ausziehen, Hinlegen, Hinüberdämmern im viel zu großen Bett. Unmerklich gleitet ein Traum in die Tiefe. Augen als Spiegel der Seele: geschlossen, doch angstvoll nach innen gekehrt. Ein Wort erscheint im Traum. Ein Wort, oft betäubt, stets überschrien. Ein Wort, entwertet, verrufen, verhindert, verlacht. Ein Wort, trotzdem nicht totzukriegen. Ein Wort: Einsamkeit.

FRITHJOF FRATZER

KINDER, EURE HEIMAT

Eure Heimat, ihr Kinder,
das sind die zweiundfünfzig lückenlose Parkplätze vor der Mietskaserne;
das sind die zehn mausgrauen Müllcontainer hinter den Parkplätzen;
das sind die gnadenlos dröhnenden Autoschlangen auf der Rollbahn
neben dem Wohnblock.
Eure Heimat, ihr Kinder,
das ist die Wiese hinter dem Haus, die nicht größer ist als ein Fußball-
platz; auf die die Hunde koten, die ihr Menschen aber nicht betreten
dürft;
das ist der verkehrsgeschützte Spielplatz des Kindergartens gegenüber,
aus dem Polizisten euch verscheuchen, die von lieben Nachbarn alar-
miert werden, wenn ihr am Wochenende dort mal spielt;
das sind die verwinkelten Kellernischen, in denen man so herrlich
Versteck spielen kann; aus denen euch der Hausmeister verjagt wie
räudige Hunde.
Eure Heimat, ihr Kinder,
das sind einige Alte, die sich bei der Wohnbau-Gesellschaft beschweren,
wenn ihr mit dem Aufzug fahrt, die euch aber Prügel androhen, sobald
ihr die Treppen lauft;
das ist der Hausmeister des Wohnblocks nebenan, der euch auflauert und
euch mit gezielten Steinwürfen vertreibt als wärt ihr tollwütige Füchse;
das sind einige Neurotiker, die euer Gitarrenspiel, die euer Singen, die
euer fröhliches Lachen zur Raserei bringt.
Eure Heimat, ihr Kinder,
das sind einige Mitbewohner, die die winzige, von wenigen Eltern nach
hartem Kampf für euch errungene Spielecke dadurch unbrauchbar zu
machen versuchen, daß sie im Dunkeln die Hunde zum Koten in den
Sandkasten führen;

das sind diejenigen, die euch wider besseres Wissen krimineller Handlungen beschuldigen;
das sind jene Autofetischisten, die ihrer verchromten Blechkiste mehr Rücksicht und Platz einräumen als euch Menschen.
Solltet ihr Kinder
trotz alledem
später
eure Heimat lieben,
dann ist eure Liebe
grenzenloses Verzeihen.

CHRISTINE GANSEN-HAINZE

MARIE

Sie war ein stilles, freundliches Kind ohne Albernheit und Übermut. Man mußte ihr gut sein. Ich bin überzeugt davon, daß auch die wildesten Kinder, auch die, die grausam sein konnten, Marie nie etwas Schlechtes gewünscht haben. Schon gar nicht wollten sie ihr etwas antun. Es war einfach ein Unglück. Anders kann man es nicht nennen, auch wenn es vielleicht für manche anders ausgesehen haben mag. Die Gerüchte, die über Maries Tod schnell in Umlauf waren, erzeugten eine bedrückende Stimmung. Bedrückend ist im Grunde nicht das richtige Wort, nicht ausreichend. Denn es kam auch Empörung auf, und aus der Empörung erwuchsen Schuldzuweisungen, die natürlich keiner annahm. Im Gegenteil: Die, die an der Sache beteiligt waren, empörten sich am meisten. Ich weiß noch, wie empört wir reagiert haben.

Ich war damals mit Marie in der zweiten Volksschulklasse. Wir waren sieben Jahre alt, fast acht. Marie saß hinter mir in der vierten Bankreihe rechts. Im Gegensatz zu ihr war ich kein ruhiges Kind. Ich konnte nicht stillsitzen. Irgendetwas an mir war immer in Bewegung, so wandte ich mich auch oft um. Da saß dann Marie und lächelte mich an. Ohne weiteres borgte sie mir Radiergummi oder Lineal, wenn ich das wieder einmal zu Hause vergessen hatte. Marie machte nie eine Affäre daraus, wie manche anderen Kinder, die einen bei der Lehrerin verpetzten oder Gegenleistungen für ihre Hilfe verlangten, die weit über das Angemessene hinausgingen.

Oft traf ich Marie schon morgens auf dem Schulweg. Sie lachte so fröhlich und mit so klingender Stimme über das, was ich ihr erzählte, daß ich meinte, ich hätte ihr einen Freundschaftsdienst erwiesen, und ihre Hilfsbereitschaft sei vielleicht durch den Wert meiner Geschichten ausgeglichen. Nicht im rechnerischen Sinne, das nicht. Aber ich hatte ein schlechtes Gewissen, weil mich Maries Gesellschaft schnell langweilte.

Sie gab nämlich nie von sich aus etwas zum Besten, zeigte keine Proben ihrer Phantasie. Ich meine das nicht gehässig, ich möchte nur erklären, weshalb ich mich um Maries Gesellschaft nicht gerissen habe. Marie schien deswegen nicht böse zu sein. Heute denke ich, sie hat mich vielleicht gar nicht besonders gemocht, jedenfalls bestimmt nicht mehr als die meisten anderen Kinder.

Eine Vorliebe ließ sie jedoch erkennen. Es war die Zuneigung zu Erwin, einem Jungen aus der vierten Volksschulklasse.

Mit ihm war Marie am liebsten beisammen. Ich merkte, wie sie auf Erwin wartete und wie sie sich freute, wenn er neben ihr herging. Das hatte nichts Heimliches an sich. Es lag ganz offen und unverhohlen zu Tage. Erwin war genauso kleingewachsen wie Marie, war für sein Alter ausgesprochen klein und zart. Er wirkte auf mich krank, kränkelnd, wie man sagt, weil er stets blaß war und ein wenig hinkte. Erwin hatte Marie bestimmt auch gern, wagte das aber nicht offen zu zeigen. Denn er war um zwei Jahre älter als wir, und seine Klassenkameraden waren nicht mehr kindlich-frei und ohne Arg. Wir merkten es an den vielen Hänseleien, an der Geheimnistuerei der Größeren und vor allem an ihrem lauten, wüsten Lachen. Dieses Lachen war übertrieben und zugleich gefährlich. Es klang wie Hohn oder böse Genugtuung. Ich erinnere mich mit Schaudern daran, obgleich ich mich nur dieses Lachens entsinne und nicht etwa des einen oder anderen Ereignisses, das dem Lachen vorausgegangen war, ausgenommen die Ereignisse an jenem Dezembernachmittag.

Zu Weihnachten hatte Erwin ein Fahrrad geschenkt bekommen. Kein neues, sondern ein gebrauchtes, das seine Eltern günstig erworben hatten. Stolz zeigte er uns das Rad und versuchte, damit im Schnee zu fahren. Es war nur dort möglich, wo der Schnee festgetreten war, z.B. auf dem Weg am Weiher, einem schmalen Weg, dem einzigen, auf dem man vom Oberdorf ins Unterdorf kam. Es fuhren auch Pferdewagen und Pferdeschlitten auf diesem Weg. Auf einer Seite war der Weiher, auf der anderen ein Graben. Auf diesem Weg führte Erwin sein Rad vor. Da er so klein war, mußte er stehend fahren und das rechte Bein unter der Querstange durchstecken, um den Fuß aufs Pedal setzen zu können. Wir standen am Wegrand und schauten zu. Wir waren acht oder neun

Kinder, mehr größere Jungen als kleine und zwei Mädchen, Marie und ich. Als Erwin Marie anbot, sie ein Stück mitzunehmen, strahlte sie und setzte sich wie in einen Damensattel hinten auf den Gepäckträger. Sofort ging ein Gejohle und Gepfeife los. Die großen Jungen riefen: »Hoho« und »Aha« und stellten verrückte Vermutungen an über die Art der Freundschaft zwischen den beiden. Ich war erschrocken, als es losging, fand es dann aber interessant und bald sogar spannend. Ich hatte keine Augen mehr für das Fahrrad, sondern nur noch für die größeren Jungen. Sie gebrauchten Worte, die ich nicht verstand, von denen ich jedoch annahm, daß sie etwas Unerlaubtes bedeuteten. Egal, mir gefiel die Sache, und ich mußte schließlich lachen, wie die anderen auch, die neben mir und vor mir standen. Einige Kinder hüpften im Schnee auf der Wiese jenseits des Grabens herum, waren hysterisch vor Freude und Übermut und feuerten die anderen an. Im Nu waren wir alle an dem Spott und den Unflätigkeiten beteiligt.

Es war ein grauer Winternachmittag mit einem verhangenen Himmel, und es war sehr kalt. Auf dem Weiher waren keine Schlittschuhläufer und auch niemand ohne Schlittschuhe. Der Weiher war aber schon seit Wochen zugefroren. Erwin fuhr jetzt sehr schnell.

Mit einem Mal schlingerte das Fahrrad. Daß jemand dem Rad einen Stoß gegeben haben soll, erfuhr ich erst später. Ich erschrak sehr, als ich sah, daß Erwin die Gewalt über das Fahrrad verlor, wie das Rad mit den beiden vom Weg abkam, über den Rand des Weihers geriet, ein Stück durch die Luft flog und auf das Eis aufprallte.
Erwin steckte im Gestell seines Rades und hielt sich krampfhaft an der Lenkstange fest, während das Rad umkippte, flach über das Eis rutschte und dann liegenblieb.
Marie aber war vom Gepäckträger geschleudert worden und brach sofort ein. Das Eis klirrte, als sei es nur eine ganz dünne Schicht. Es entstanden viele kleine abgesplitterte Eisschollen. Und immer, wenn sich Marie festhalten wollte, riß sich das Eis los und schwamm schnell von ihr weg. Sie gewann keinen Halt.
Ich kann nicht sagen, ob sie geschrien hat. Alles ging so ungeheuer rasch. Marie war plötzlich untergegangen und ist nicht mehr aus dem Wasser aufgetaucht.
Wir waren wie erstarrt. Das Lachen und Gejohle war verstummt. Es war ganz still. So still, wie es sonst nur nachts ist oder an sehr heißen Sommertagen um die Mittagszeit.

RENATE GÖSCHEL

DIE STERNDISTEL

Vor vielen Jahren lebte in einem fernen Land ein alter König mit seinem einzigen Sohn. Er war ein guter Herrscher, und sein Volk liebte ihn. Es liebte auch den Prinzen, der eines Tages die Nachfolge seines Vaters antreten würde, denn der Prinz war ein stattlicher und liebenswerter junger Mann.

Der alte König hatte leider einen großen Fehler: Er war sehr vergeßlich. Als zu Ehren seines nun erwachsenen Sohnes ein großer Ball stattfinden sollte, versäumte er, zu den Feierlichkeiten den mächtigen Zauberer einzuladen, der seit vielen Jahren mit seinen Zauberkräften das kleine Königreich beschützte.

Der Zauberer war außer sich vor Zorn über die unabsichtliche Beleidigung, und in seiner Wut bestrafte er den vergeßlichen König so, wie er wußte, daß es ihn am meisten schmerzen würde: Er ließ den Königssohn zu Eis erstarren.

Das einzige Lebenszeichen des Prinzen war sein Herz, das beharrlich weiter schlug.

Tiefe Verzweiflung ergriff den Vater. Er ließ nichts unversucht, um seinen Sohn wieder zum Leben zu erwecken. Die Hofastrologen bemühten sich, aus den Sternen den Zeitpunkt des Wiedererwachens zu berechnen. Die Alchimisten brauten allerlei geheimnisvolle Zaubertränke. Die Ärzte probierten alle bekannten Heilmittel. Nichts half.

Das Herz des Prinzen aber schlug unermüdlich weiter.

Schließlich verlor der arme alte König jede Hoffnung. Er ging zu dem Zauberer und flehte um das Leben seines Sohnes. Sein eigenes Leben wollte er dafür opfern, wenn nur sein einziges Kind wieder leben durfte. Da endlich verflog der Zorn des mächtigen Zauberers, und er bereute seine Tat. Doch er konnte den einmal ausgesprochenen Zauberspruch nicht mehr rückgängig machen. Es gab nur eine Möglichkeit, die Kraft des

Zaubers zu bannen: Eine junge Frau aus dem Königreich würde drei schwere Aufgaben lösen müssen.

Zuerst würde sie die Sterndistel, eine Blume mit wundersamen Kräften, die auf einer kleinen Insel im Schwarzen See jenseits der Berge wuchs, finden und pflücken müssen. Dazu mußte sie mutig sein. Als nächstes würde sie den Vulkan, der seit vielen Jahren das Königreich bedrohte, zum Erlöschen bringen müssen. Dazu mußte sie klug sein.

Die dritte Aufgabe schließlich würde sie erst dann erfahren, wenn sie wieder zum Schloß zurückkehrte. Dazu mußte sie bereit sein, ihr Leben zu opfern.

Getröstet und mit neuem Mut ging der König nach Hause. Sofort ließ er seine Boten im ganzen Land verkünden, daß diejenige Frau, die alle drei Aufgaben des Zauberers lösen könnte, die Gemahlin des Prinzen und zukünftige Königin sein würde. Aus allen Gegenden des Landes folgten Frauen und Mädchen dem Ruf ihres Herrschers. Und jede einzelne glaubte fest daran, zur Königin bestimmt zu sein. Auch ein junges Küchenmädchen im Schloß, das den Prinzen schon lange Zeit heimlich liebte, hätte gerne sein Glück versucht, fürchtete sich aber davor, abgewiesen zu werden.

Als der König sah, wie viele sich auf den Weg gemacht hatten, um die drei Aufgaben zu lösen, freute er sich, denn er war überzeugt, daß wenigstens eine davon erfolgreich sein würde.

Doch die Zeit verging, und nur wenige der hoffnungsfroh ausgezogenen Frauen kehrten zurück. Und die Zurückkehrenden konnten nicht von Erfolgen berichten, sondern erzählten nur von Entbehrungen und schrecklichen Erlebnissen.

In der Zwischenzeit wurde das Herz des Königssohnes schwächer.

Da nahm das Küchenmädchen schließlich seinen ganzen Mut zusammen und trat vor den gramgebeugten König. Dieser wollte nur ungern noch eine weitere Frau ins Ungewisse schicken, doch da sie nun seine letzte Hoffnung war, gab er ihrem Bitten nach.

Der Weg durch die Berge war mühsam und beschwerlich. Tagelang kletterte das Mädchen durch unwirtliche Schluchten und über schwindelerregend hohe Pässe, ohne eine einzige Menschenseele zu sehen.

Dann schließlich hatte es die Berge überwunden und den Schwarzen See erreicht. Das Wasser war so dunkel und undurchdringlich wie eine sternenlose Nacht. Am Ufer des Sees saß eine alte Frau, die das Mädchen zu erwarten schien.

»Um zur Insel hinüberzugelangen«, sagte sie, »mußt du mutig sein. Die Seejungfrauen, die in diesem schwarzen Wasser leben, können die Ängste der Menschen spüren. Sie lassen nur die Tapferen ziehen. Wer sich fürchtet, und sei es auch nur für einen Augenblick, wird von ihnen in ihr Reich geholt, wo er ihnen in ewig währender Gefangenschaft dienen muß.«

Die junge Frau fürchtete sich sehr. Da kein Boot zu finden war, mußte sie zu der Insel hinüberschwimmen. Fast wollte sie schon verzagen, da vermeinte sie plötzlich, das schwächer und schwächer schlagende Herz des Prinzen zu spüren. Das gab ihr Mut und sie schwamm zu der Insel hinüber, ohne auch nur an die Gefahren zu denken.

Die Insel war karg, nur Steine und Sand, daher war es nicht schwierig, die Sterndistel zu finden. Als sie die Blume pflückte, stach ihr ein Dorn in den Finger, und aus dem Blutstropfen, der zu Boden fiel, wuchs eine neue Distel.

Als sie wieder am Seeufer ankam, war die alte Frau verschwunden. Dort, wo sie gewesen war, lagen nur noch ein paar silbrigglänzende Schuppen.

Als nächstes machte sie sich auf den Weg, um sich der zweiten Aufgabe zu stellen. Den Vulkan zu finden, war einfach. Jedes Kind im Land wußte, wo er sich befand. Wie aber sollte sie ihn zum Erlöschen bringen?

Sie überlegte und überlegte. Die Lösung der Aufgabe mußte im Inneren des feuerspeienden Berges zu finden sein. Sie mußte deshalb nach einer Möglichkeit suchen, zum Herzen des Vulkans vorzudringen. Es erschien ihr am klügsten, nach einem verborgenen Höhleneingang zu forschen. Und tatsächlich, es dauerte gar nicht lange, bis sie den versteckten Zugang fand.

Die Höhle führte in zahlreichen Windungen bis in die Mitte des Vulkans, wo sie in einen großen, nach oben offenen Saal mündete. Dort entdeckte das Mädchen einen riesengroßen Drachen, der jedesmal, wenn er schluckte, Feuer spie und dunkle Rauchwolken ausstieß.

Er sah gar nicht böse aus, eher traurig, und so faßte sich das Mädchen ein Herz und sprach ihn an.

»Warum tust du das«, fragte es den Drachen, »weißt du nicht, daß du jedesmal, wenn du schluckst, mein ganzes Land bedrohst?«

»Ach«, antwortete der Drache, »ich kann überhaupt nichts dafür. Seit vielen Jahren schon habe ich diesen gräßlichen Schluckauf. Das einzige Heilmittel dagegen wächst weit weg auf einer Insel im Schwarzen See. Und ich bin schon so alt, daß ich nicht mehr fliegen kann.«

»Meinst du vielleicht die Sterndistel? Die habe ich nämlich bei mir«, rief die junge Frau erfreut aus.

So konnte sie mit Hilfe der wundersamen Blume den alten Drachen von seinem Schluckauf heilen und dadurch den feuerspeienden Berg zum Erlöschen bringen.

Der Drache war sehr dankbar. Zum Abschied gab er ihr noch den Rat mit auf den Weg, nicht ihren Augen, sondern ihrem Herzen zu folgen. Die zweite Aufgabe war gelöst, und sie konnte heimkehren.

Während sie dem Schloß immer näher kam, spürte sie, wie das Herz des Prinzen ein letztes Mal schlug und dann verstummte.

Zu spät, zu spät, dachte sie verzweifelt.

Als sie den Schloßhof betrat, lag der Königssohn schon aufgebahrt auf einem Bett trockenen Reisigs. Der mächtige Zauberer hatte angeordnet, den Leichnam zu verbrennen. Der Vater selbst mußte die traurige Pflicht erfüllen, den Scheiterhaufen in Brand zu setzen.

Schon sah die erschrockene Frau, wie die Flammen aus dem Reisig schlugen und den geliebten Menschen verschlangen.

Da begehrte ihr Herz auf.

»Nein«, rief sie, »ich will für dich sterben.« Und mit diesen Worten stürzte sie sich in die Flammen.

Die letzte Aufgabe war gelöst.

Augenblicklich verlosch das Feuer, und aus dem Reisig brachen frische, grüne Knospen.

Der Prinz aber erwachte aus seinem langen Zauberschlaf und erblickte als erstes das geliebte Antlitz seiner Retterin.

Und als die Hochzeit des jungen Paares gefeiert werden sollte, schrieb der König eigenhändig die Einladung für den mächtigen Zauberer.

RENATE GÖSCHEL

DIE KRONE DER EWIGEN SCHÖNHEIT

Vor langer Zeit lebte in einem fernen Land ein armes Schäferehepaar glücklich und zufrieden, denn die beiden liebten einander von ganzem Herzen und hatten so alles, was sie im Leben brauchten.
Allein ihr Wunsch nach einem Kind blieb viele Jahre unerfüllt. Als ihnen nach langen Jahren des Wartens endlich eine Tochter geboren wurde, waren sie überglücklich und nannten sie Amanda – die Liebenswerte.
Das Kind war wunderschön, doch die Eltern verwöhnten es über die Maßen, so daß Amanda zu einem zwar schönen, aber auch hochmütigen und anspruchsvollen Mädchen heranwuchs.
Sie schämte sich ihrer einfachen Eltern und des ärmlichen kleinen Hauses und mochte Vater und Mutter auch nicht bei der Arbeit helfen. So saß sie die meiste Zeit am Wegesrand und beobachtete die vorbeiziehenden Leute. Wenn jemand sie ansprach, verleugnete sie ihre Herkunft und gab an, die Tochter eines Edelmannes oder eines reichen Kaufmannes zu sein.

Den Eltern blieb dies nicht verborgen, und es bekümmerte sie sehr. Doch da die beiden ihr Kind von ganzem Herzen liebten, schwiegen sie dazu.
Eines Tages kam eine weise alte Frau des Weges, die aus der Hand eines Menschen sein Schicksal deuten konnte. Amanda bat, sie möge ihr die Zukunft voraussagen. Da sprach die weise Frau zu ihr: »Du wirst zu einer großen Schönheit heranwachsen, und die Männer werden dir ihre Liebe, ihren Besitz und ihr Leben zu Füßen legen. Doch wähle gut, denn Schönheit ist vergänglich. Ewige Schönheit hat allein, wer die Krone der ewigen Schönheit sein eigen nennt.«
Und wahrlich, aus Amanda wurde eine wunderschöne junge Frau. Noch immer saß sie die meiste Zeit am Wegesrand, doch die Leute zogen nicht mehr einfach vorbei. Oft blieben sie stehen, um die junge Frau zu betrachten, und manch einer der Männer verlor dabei sein Herz.
So kam eines Tages ein armer junger Schäfer des Weges. Beim Anblick Amandas verliebte er sich sofort unsterblich in sie. Auch Amanda verlor ihr Herz an den stolzen Schäfer. Doch da der junge Mann ihr nicht mehr als seine ganze Liebe zu Füßen legen konnte, verleugnete sie ihre Gefühle und verschmähte seine Werbung.
»Was kannst du mir schon bieten?« fragte sie ihn, und er antwortete: »Ich biete dir meine ganze Liebe und alles Glück dieser Welt.«

»Das ist mir zu wenig«, sagte sie grausam, »wenn du mir schon nicht Reichtum, Ruhm oder Macht geben kannst, so bringe mir wenigstens die Krone der ewigen Schönheit. Dann will ich dich auch gewiß erhören.« Der junge Schäfer hatte noch nie von einem solchen Schatz gehört, und so zog er traurig und verzweifelt fort.

Da kam ein reicher Kaufmann des Weges. Als er die schöne junge Frau erblickte, wollte er sie sofort in die Reihe seiner Besitztümer aufnehmen. »Was kannst du mir bieten, Kaufmann?« fragte Amanda. Er antwortete ihr: »Ich lege dir Schätze zu Füßen, die du dir in allen deinen Träumen nicht vorzustellen vermagst – Gold, Edelsteine und Kleider aus den erlesensten Stoffen.«

»Was nützen mir all deine Schätze, wenn ich alt und häßlich geworden bin? Hast du unter deinen Besitztümern vielleicht die Krone der ewigen Schönheit?«

»Nein, diese Krone zählt nicht zu meinen Schätzen, und ich habe noch nie von ihr gehört.«

»So kann ich dich auch nicht erhören«, antwortete Amanda hartherzig, und der reiche Kaufmann zog entmutigt weiter.

Da kam alsbald ein edler Ritter des Weges. Als er die schöne junge Frau sah, sank er geblendet zu ihren Füßen nieder.

»Was kannst du mir bieten, edler Ritter?« fragte sie ihn, und er antwortete: »Sei meine anbetungswürdige Göttin. Ich will dich auf einen Sockel stellen, dir einen Altar bauen und dich auf Knien anbeten. Ich will Drachen für dich töten, Kriege für dich führen und mein Leben für dich opfern, wann immer du befiehlst.«

»Sag mir, edler Ritter, kannst du mir auch die Krone der ewigen Schönheit bringen?«

Doch der Ritter wußte nicht, wo dieser Schatz zu finden sei, und daher wurde auch seine Werbung kaltherzig abgewiesen, so daß er enttäuscht seiner Wege gehen mußte.

Dann kam eines Tages ein Märchenprinz des Weges. Als er die schöne Frau erblickte, sprach er voller Bewunderung: »Sei meine Königin, schöne Frau, komm mit mir in mein Königreich und sei die Zierde meines Landes.«

»Was kannst du mir bieten, Märchenprinz?« fragte Amanda hochmütig, und er antwortete: »Mein ganzes Königreich will ich dir zu Füßen legen. Ich biete dir Macht, Ruhm, Ehre und alle Schätze meines Landes.«

»Hast du vielleicht, stolzer Märchenprinz, unter all deinen Schätzen die Krone der ewigen Schönheit?«

Nein, auch der stolze Märchenprinz wußte nichts von der Krone der ewigen Schönheit und mußte daher weiterziehen.

So zogen viele Jahre ins Land. Oft dachte Amanda wehmütig an den stolzen jungen Schäfer zurück, den sie einst geliebt und dennoch verschmäht hatte. Dann kam niemand mehr des Weges, und Amanda wurde alt und verbittert. Und von den vorbeiziehenden Leuten beachtete niemand mehr die einsame Frau am Wegesrand.

Schließlich starben die Eltern und ließen Amanda alleine zurück. Da endlich ergriff bittere Reue die hartherzige Frau, doch niemand war mehr da, den sie um Verzeihung hätte bitten können. So saß sie nun Tag für Tag in dem ärmlichen kleinen Haus und hütete die Schafe.

Eines Tages aber kam der Schäfer zurück, und sie erschrak und schämte sich.

»Nein, sieh mich nicht an, ich bin nun alt und häßlich geworden.«

Doch der Schäfer nahm nur ihre Hand in die seine und fragte lächelnd: »Sag mir, Amanda, wie siehst du mich?«

Erstaunt antwortete sie: »Ich sehe dich, wie du damals warst – jung und stark und schön.«

»Das ist so, weil du mich liebst. Auch ich sehe dich jung und schön, weil ich dich liebe. Das ist das ganze Geheimnis: Die Krone der ewigen Schönheit ist die Liebe.«

Und Amanda sah, daß er die Wahrheit sprach, denn allein durch seine Liebe war sie so schön und jung wie einst erblüht.

Denn es ist etwas Wundersames um die Liebe: Mit den Augen der Liebe sieht der Liebende das geliebte Wesen stets jung und schön, das Alter kann ihm nichts anhaben.

Und so lebte vor langer Zeit in einem fernen Land ein armes Schäferehepaar glücklich und zufrieden, denn die beiden liebten einander von ganzem Herzen und hatten so alles, was sie im Leben brauchten.

MARCEL HÄNGGI

VARIATION ÜBER DAS PARADIES-THEMA NR. I

Einer saß in einem Gefängnis, welches hundert Ausgänge hatte. Neunundneunzig davon führten in die Freiheit mit neunundneunzig verschiedenen Gesichtern, und der letzte Ausgang führte aufs Schafott. Er konnte sich nicht mehr an die Zeit erinnern, als sie verschlossen waren; jetzt aber standen sie alle offen. Die Möglichkeit genießend, in seiner Phantasie von allen hundert Ausgängen Gebrauch zu machen, verbrachte er seine Tage und Wochen in dem Gefängnis und bemerkte kaum, daß mit den Jahren ein Ausgang nach dem andern sich wieder verschloß. Als nur die letzten zwei noch offen standen, sprach er: »Jetzt bin ich frei« und irrte sich in der Tür.

35

REGINALD HANICKE

VERZÜCKT

Die Stadt hält den Atem an. Der Asphalt kocht in der Mittagsglut. Die Straßen sind verödet, und in den Geschäften sind kaum Menschen zu sehen. Hans Prokowsky schreitet wie ein abgewrackter Cowboy, der seine Beine von endlosen Ritten durch die Prärie nicht mehr zusammenbekommt, durch die automatisch aufschwingenden Flügeltüren des Supermarktes »Paradiso 2000«. Hans Prokowsky, ein verstaubter Achtundsechziger, der nach zwanzig Jahren immer noch seinen alten Idealen nachtrauert. Sein Lieblingsspruch lautet: »Mensch, weeßte noch. Damals mit der roten Fahne in'ner ersten Reihe. War'n das Zeiten.« Genauso verstaubt wie seine Ideale ist seine Kleidung. Die alte Lederjacke wirkt reichlich deplaziert, sie hat die Gewichtszunahme nicht mitgemacht. Endlose, ins Nichts verlaufende Diskussionen in Kneipen haben seinen Bauch mächtig aufgeschwemmt. Seine Stiefel sehen aus, als hätten sie einen 5000 Kilometer langen Marsch durch die Institutionen hinter sich. Die einst mächtige Löwenmähne hat sich abgenutzt, einzig ein schütterer Haarkranz umrahmt seine glänzende Glatze. Um das schmale Kinn wuchert ein struppiger Vollbart. Die Augen sind durch eine runde, stark getönte Sonnenbrille verdeckt.
Prokowsky schlängelt sich durch das Eingangskreuz und zerrt an einem Einkaufswagen, der sich in einem ineinander geschobenen Knäuel verhakt hat. Gleichzeitig registriert sein Unterbewußtsein eine leise, betörende Berieselungsmusik. Die Glatze fängt zu jucken an. Langsam erfüllen sich seine Gehirnwindungen mit den Klängen des Soul-Klassikers ON BROADWAY. Erinnerungen werden wach: THEY SAY, THE NEONLIGHT'S SO BRIGHT, ON BROADWAY. THEY SAY IT'S ALWAYS MAGIC IN THE AIR. Der Song wirkt auf ihn wie der bezirzende Singsang liebreizender Sirenen. In seinem Kopf beginnt sich alles zu drehen.

Er sinkt zurück in alte, bessere Zeiten. Die Regale des Supermarkts verschwimmen vor seinen Augen. Ein neues Bild baut sich langsam auf, zuerst unklar, dann immer deutlicher. Er sieht sich auf einem verschlissenen Polsterkissen auf dem Boden sitzen, vor ihm eine Apfelsinenkiste, die als Tisch dient. Darauf eine Kerze, zwei Gläser und eine billige Flasche französischen Landweins. Der Schein der Kerze erhellt das Gesicht einer hübschen Frau, es ist Jasmin. Prokowsky hat sich unsagbar in sie verliebt, nun sitzt er zum ersten Mal mit ihr allein in seiner Wohnung. I CAN PLAY THAT LEAD GUITAR. I'M A STAR. ON BROADWAY.

Prokowsky schwebt an der Konservenabteilung vorüber. Er fühlt sich wie Odysseus im Ägäischen Meer. Sein Herzschlag gleicht sich dem Rhythmus an, immer schneller pulsiert das Blut. Geistesabwesend greift Prokowsky eine Dose teuren Formosaspargel und läßt sie in den Wagen fallen. Weiter im Rhythmus strebt er der Gemüse- und Obstabteilung entgegen. Den Off-beat mit dem linken großen Zeh betonend, greift er wahllos zu: Äpfel, Kiwis, Birnen, Weiß- und Rotkohlköpfe, Avocados, Tomaten und Bananen landen in seinem Einkaufswagen. DUUH, DUUH, DIP, DIP, DA, DUUH, DUHDA, DAP, DA, DUUH, ON BROADWAY. Swingend nähert er sich dem Keksregal. Sechs wahllos ausgesuchte Kekspackungen nimmt er im Vorübergehen mit. Die anderen Süßigkeiten rechts liegen lassend, registriert er im Unterbewußtsein noch rechtzeitig die Biegung. Es gelingt ihm, mit einem kleinen Rechts-Ruck, der eigentlich seiner Weltanschauung zuwider ist, die heimtückische Klippe zu umschiffen. Leider ließ ihm das schwierige Manöver mit dem Einkaufswagen keine Zeit, in die prallgefüllten Körbe mit den Sonderangeboten zu greifen. Nun gleitet Prokowsky an der Milchtruhe entlang, das Percussionsolo läßt sein Herz auf Hochtouren laufen, unaufhörlich wallt das Blut in sein Hirn. Der Wagen füllt sich mit drei Litern Milch, sieben Joghurts, zwei Pfund Butter, zwei Packungen Scheibenkäse, drei Bechern Margarine und fünf verschiedenen Sorten Camembert. Prokowskys Gesicht ist nunmehr total verzückt, als der Gesang wieder einsetzt. I CAN PLAY THAT LEAD GUITAR. I'M A STAR. ON BROADWAY. Er macht eine elegante Drehung um neunzig Grad und peilt das Getränkeregal an. Seinen ursprünglichen Weg nimmt er mit elf Dosen Bier, fünf Flaschen Limonade, sieben Packungen Orangensaft und fünf Flaschen Mineralwasser wieder auf.

Jetzt marschiert er schnurstracks auf die Kasse zu, kurz noch einen Griff nach links, auf dem vollen Einkaufswagen thront als Krönung eine Flasche Champagner.

Bevor sich der Song dem Ende neigt, bringt es Prokowsky gerade noch fertig, die Waren auf das Laufband zu stellen. Dann schreit ihm aus den Lautsprechern eine schrille, etwas leiernde Stimme entgegen. »Und heute im Angebot unsere in eigener Fabrikation hergestellte Schnapssorte Drööhnlandsinfonie für nur neunmarkneunundneunzig.« Prokowsky schreckt jäh aus der Traumwelt auf. Die Kassiererin betrachtet verdutzt den sorgsam in der Mitte gefalteten Zehnmarkschein, den Prokowsky ihr hinhält. Mit einem mildtätigen Lächeln bemerkt sie: »Das macht aber hundertneunmarkundsiebenundachtzigpfennig.« Das »...siebenundachtzigpfennig« hat Prokowsky gar nicht mehr mitbekommen. Vor der verblüfften Kassiererin sinkt er auf den spiegelglatten Steinboden.

BURKHARD HEDTMANN

DER ALTE

Die Tür geht auf, und ins Hirn hereinspaziert kommt ein halbes Dutzend herausgeputzter Argumente, alle im Nadelstreifenanzug, mit Lackschuhen, Gel im Haar, beide Hände in den Hosentaschen, lässig mit dem Fuß wippend, das Clint-Eastwood-Lächeln ins Gesicht gehängt und alle gaaanz cool drauf.

Und sie überreichen mir eine Resolution, in der sie mich auffordern, meine Liebe zu dir zu überdenken und gegebenenfalls zu beenden. Tja, nun sind sie einmal da, da kann man sie auch nicht gleich wieder wegschicken.

Also reden wir miteinander und wägen ab.

Da stört das Knarren der Treppe die Beratung, und von oben aus dem Dachstüberl kommt ein schon etwas älteres Argument, das schon länger dort wohnt, im Schlafanzug die Stiegen herunter, ein bißchen mürrisch ob der ungebetenen Gäste und reckt sich gähnend: »Na, Jungs, mal wieder auf dem Kriegspfad? Gut seht ihr aus. Wie heißt denn euer Schneider?«

Und das Lächeln auf den überlegenen Gesichtern der Gegenpartei verfliegt und ebenso die Lockerheit.

»Trinkt aus, und dann zeigt mir eure Rücklichter, sonst hol' ich die andern«, murrt der Alte und zeigt vielsagend nach oben, »wäre schade um euern Zwirn!« Und die Putschisten zucken resigniert mit den Schultern und verlassen unverrichteterdinge das Gehirn.

»Die lernen's auch nicht«, murmelt der Geweckte und begibt sich wieder nach oben.

»Halt mal«, stoppe ich ihn auf der Treppe, um einen Verdacht bestätigt zu bekommen, »da oben gibt's gar keine ›andern‹, stimmt's?«

»Nö«, schüttelt er augenzwinkernd den Kopf, »wozu auch? Wenn einer reicht.«

Manchmal läßt er sich verdammt Zeit mit dem Herunterkommen, und anfangs war ich ganz schön besorgt, das halbe Dutzend könnte doch mal die Oberhand gewinnen und am Ende meine Liebe zu dir mit forttragen. Aber irgendwann knarrt in solche Überlegungen die Stiege vom Dachstüberl, und auf der Treppe steht der gewichtige Alte, und sich nach der Decke reckend, fragt er: »Na Jungs, mal wieder auf dem Kriegspfad?«

SIBYLLE HÖSCH

SEINE HÄNDE

Ich werde meine Augen trotzdem nicht öffnen. Auch wenn Schritte und Stimmen im ganzen Haus davon zeugen, daß es Zeit ist, den Tag zu beginnen. Ich werde einfach nicht zur anderen Seite des Bettes schauen. Ich fühle die Angst vor dem Anblick. Ein leeres Bett. Keine Hand. Besonders seine Hände werde ich vermissen. Diese Quellen der Kraft am Morgen. Ich drehe mich auf die rechte Seite, und wie man manchmal auf der Straße Blicke im Rücken spürt, starrt mich jetzt die Regungslosigkeit von hinten an. Dieses Federbett, das niemanden bedeckt. Unachtsam hingeworfen hat es vielleicht noch immer die Form eines schlafenden Menschen. Ich bin ganz wach. Ich werde meine Augen trotzdem nicht öffnen. Das heißt es also, mit diesem Gedanken aufzuwachen: Er ist gegangen. Wenn ich mich auf die andere Seite drehe, gibt es keine Schultern zu spüren, keine schlaftrunkene Stimme zu hören.
Er könnte ja auch gleich wieder zurück sein, mit Croissants für das Frühstück auf dem Arm. Es könnte sein, daß seine Hände langsam den Wohnungsschlüssel auf den Tisch gleiten lassen, um mir dann vorsichtig das Haar aus dem Gesicht zu streichen. Der Schlüssel in seinen Händen: Mehr könnte man nicht daheim sein. Mehr könnte man sich nicht geborgen fühlen als bei diesem Anblick. Doch heute wird kein Schlüssel gedreht und kein Duft von frischem Gebäck verbreitet.
Meine Augen brennen. Ich will mich verbergen im Schwarz unter den Lidern. Kein Licht soll eindringen. Niemand soll mich so sehen. Was tut er jetzt draußen in der Morgenfeuchte der Stadt? Ich sehe ihn auf den Boulevards gehen. Die Souvenirverkäufer sind noch verschlafen um diese Zeit. Die Bistros füllen sich dennoch langsam, und auf den Seine-Brücken wird schon fotografiert. Unsere Stadt hätte es sein sollen. Mit unseren Erinnerungen in den Straßen und Gebäuden. Ich wollte ihm alles von ihr zeigen. Jetzt kann sie mich verspotten mit ihrem vollen Leben, mit ihrer

ständigen Eile und der Kunst, gleichzeitig zu genießen. Wir amüsieren uns und sind einfach nur zusammen, hat er zu mir gesagt, als er mich damit überraschte, daß er plötzlich vor der Tür stand. Sein Besuch hier war das schönste Ereignis seit Tagen. Doch ich erinnere mich an seinen abwesenden Blick gestern abend im Restaurant. Daran, daß er über Geld sprach, während seine rechte Hand unentwegt den Kaffeelöffel drehte. Noch nie hat er über Geld gesprochen. Plötzlich erkenne ich diese Anzeichen. Signale für einen Aufbruch. Ich habe sie nie bemerkt, im Gegenteil, mich immer ganz sicher gefühlt. Sogar gegrübelt, ob er auch der Richtige sei, ob alles mit uns gutgehen könnte. Es waren nur kurze Momente, Gedankenblitze beim Überqueren einer Straße oder während morgens die Butter auf dem warmen Hörnchen schmolz. Es war schon zu viel. Zu viel gefragt. Jetzt ist er gegangen, hat die Antwort gegeben. Er ist einfach aufgestanden und hat die Wohnung verlassen. Das verurteilt mich zur Passivität, läßt mir kein Rederecht. Ich kann nur hier liegen. Regungslos, denn jede Bewegung droht, mich ganz und gar zu erschöpfen. Jede Be-

wegung, die mich lebendig macht in einem toten Moment. Er meint, es ist alles gesagt. Ich fühle fiebrige Hitze in mir aufsteigen, langsam mit dem Bewußtsein, jetzt alleine zu sein. Hitze, die mich einkreist, einschnürt, bis sie zu Schmerz geworden ist. Gestern noch winkte uns seine Hand ein Taxi herbei. Heute? Es ist, als fehle mir ein Körperteil. Dabei glaubte ich zu Anfang, mein Leben umstellen zu müssen, um mit ihm zusammenzusein. Alles an ihm schien das Gegenteil zu sein. Das Gegenteil meiner vorherigen Welt. Wenn sich andere die Köpfe heiß reden, hat er bereits alles gesagt. Wo andere joggen, geht er spazieren. Wenn ich es eilig habe, macht er alles schullehrergenau. Wenn die Situation ernst ist, ist er zu Späßen aufgelegt. Er hat mir so gut getan. Doch in meinem Kopf geht er jetzt weiter, vorbei an rußschwarzen Häuserfassaden und vergessenen Abfallsäcken. Er bemerkt die Autos nur deshalb, weil sie laut hupen, und betrachtet die Menschen vor ihren kleinen Kaffeetassen. Längst hat er die lauten Straßen verlassen. Während er noch meinem Rat folgt: »Du mußt in die kleinen Seitenstraßen, da ist das Leben!«, genießt er schon, wie er angesehen wird, wie vielleicht sein Blick erwidert wird. Und seine Hände gehen immer mit spazieren durch die Stadt. Sie hängen aderig und warm herab. Sie umstreichen von Zeit zu Zeit sein Kinn, nicht meinen Hals. Jetzt gehören sie nicht mehr zu meiner Haut. Mir gehört nichts mehr von ihm. Nicht einmal Trauer. Es ist, als sei mir jemand gestorben. Schlimmer noch, denn dann gehörte mir wenigstens die Trauer um ihn. Jeder müßte sie mir zusprechen. Es wäre anders als jetzt, da er nur einfach aus dem Haus gegangen ist.

Warum ist er gegangen? Ich könnte mich anziehen und unten beim Concièrge nach ihm fragen. Doch hier wird nicht gefragt, wohin jemand geht. Nach Möglichkeit schaut man nicht einmal auf. Ich würde nur noch eines von ihm wissen wollen: Warum? Ich finde keinen Grund. Ich sehe nicht, was ich falsch gemacht habe. Soll diese Frage ewig in mir weiterhämmern? Dieses Warum wird alles übertönen. Ich werde nichts anderes mehr hören können, während er mich schon längst hinter sich gelassen hat. Vielleicht durchforsten seine Finger gerade spitz die Bilder und Postkarten bei den Buchverkäufern am Flußufer. Er mag es, Neues zu entdecken. Seine Hände mögen es. Sie berührten mich immer so gerne. Überall fühle ich ihre Abdrücke. Sie haben Spuren hinterlassen. Doch jetzt gehen sie neue Wege, drücken fremde Türklinken, sprechen in ausladenden Bewegungen mit anderen Menschen.

In der Wohnung nebenan läuft Wasser aus dem Hahn. Das Rauschen überträgt sich durch die dünne Wand. Alle Häuser sind hier hellhörig gebaut. Manchmal hört man drüben auch Stimmen. Man hört sie ziemlich deutlich. Stimmen von Menschen, die miteinander streiten. Wenn wir uns wenigstens gestritten hätten. Ich möchte mich unter den Kissen vergraben, bis ich einfach verschwunden bin aus dieser Wohnung, aus dieser Stadt. Ich fühle mich schwach. Jeder Herzschlag scheint mir nur Kraft zu nehmen. Kraft? Was will ich tun an einem solchen Tag, außer eine Tablette zu nehmen gegen die bohrenden Kopfschmerzen, eine Wärmflasche gegen die Kälte? Wie abgehackt empfinde ich meine Glieder, bin unfähig, Arme und Beine zu benutzen.

Dann dies: Seine Hand, warm von der Nacht, sie ertastet zielstrebig meinen Rücken, arbeitet sich nach oben, streift meinen Oberarm, begrüßt sanft meinen Busen, um dann mit zärtlichem Druck meine Schulter zu berühren, so daß ich mich unweigerlich auf seine Seite drehe.

Seine Augen öffnen sich erst jetzt, da er sich meiner Gegenwart versichert hat. Ich sehe die Verwunderung und Verwirrung in seinem Gesichtsausdruck. Warum ich weine? Ich lebe vom Glück und vom Schmerz, sage ich, und es ist Erklärung genug.

DIETMAR HÖSL

ZWEI KOFFER VOLLER SEHNSUCHT

Es kam Luise wie ein Traum vor. Nur drei Wochen war es her, daß sie ihren geliebten Erwin, mit dem sie fünfzig Jahre verheiratet gewesen war, verloren hatte. Ihre drei Kinder, alle studiert und beruflich etabliert, hatten damals geschworen, sich um die Mutter zu kümmern, und an nichts sollte es ihr mangeln. Sie konnte sich noch gut daran erinnern, wie Rainer, ihr ältester Sohn, zu ihr sagte:
»Du mußt nicht allein in der großen Wohnung leben. Ich werde mich um alles kümmern, Mutter, mach dir keine Sorgen. Du und Vater, ihr habt euer Leben lang für uns gesorgt und habt euch für uns aufgeopfert. Nun sind wir, deine Kinder, an der Reihe, für dich zu sorgen.«
Damals hatte sie darauf vertraut, daß sie auf ihre Kinder zählen könnte. Sie war stolz auf Rainer, der ein guter Arzt geworden war, auf Peter, einen namhaften Rechtsanwalt, der alle ihre Rentensachen bearbeitete. Und natürlich Marlis, ihre einzige Tochter und zugleich die Jüngste, die gerade ihr zweites Buch auf den Markt brachte.
Wie gerne hatte Luise geschuftet und sich gebrechlich gearbeitet, nur um ihren Kindern das Studium zu ermöglichen, damit sie es später einmal besser haben sollten als sie. Luise hatte die ganze Familie ernähren müssen, weil ihr Mann bereits im Krieg so schwer verwundet worden war, daß er zeit seines Lebens nicht mehr arbeiten konnte. Aber niemals hatte sie geklagt oder sich beschwert, daß das Schicksal hart mit ihr umgegangen war. Immer wieder hatte sie sich gewehrt und hatte noch mehr gearbeitet, wenn es zu finanziellen Engpässen gekommen war.
Besonders als Rainer seine Arztpraxis eröffnete und er sich haushoch verschulden mußte, war Luise wieder einmal eingesprungen und hatte ihm kräftig unter die Arme gegriffen.
»Vielen Dank, Mutter. Irgendwann werde ich es dir mit Zins und Zinseszins zurückzahlen«, hatte Rainer damals gesagt.

Doch mit diesen Zinsen, die sie nun zurückbekam, hätte sie niemals gerechnet.

Langsam erhob sich Luise aus dem schweren, massiven Eichensessel, der von ihrem Vater, einem Schreinermeister, gefertigt worden war. Die Couch und der zweite Sessel hatten die Jahrzehnte nicht überdauert und waren schon vor Jahren ausgemustert worden.

Leicht vornübergebeugt und mit weichen, zitternden Knien schritt sie auf das Fenster zu und schaute mit ihren trüben und tränenverschleierten Augen verträumt in den Garten.

Im Geiste sah sie ihren Erwin darin gärtnern, das war das einzige, was er noch hatte tun können, wenn er alles auch nur langsam und manches gar nicht mehr hatte machen können.

Bald würde Rainer kommen und sie abholen, dann hieß es Abschied nehmen, Abschied von ihrer vertrauten Umgebung, von ihrer Wohnung, von ihren Erinnerungen. Sie spürte, wie sich Angst in ihr breit machte. Etwas Unerklärliches ging in ihr vor, und doch wußte sie, daß sie sich dagegen nicht wehren konnte. Ihre Kinder hatten alles für sie vorbereitet.

Die Wohnung war gekündigt, der Möbelwagen bestellt und die liebe Katze im Tierheim untergebracht. Sie hatten alles mit Fürsorge und mit viel Liebe getan. Denn jetzt mußten sie für ihre Mutter sorgen, so wie der Vater es von ihnen verlangt hatte, bevor er starb. Geliebter Vater.

Es schellte an der Wohnungstür, ein Mann mittleren Alters trat ein. Rainer.

»Guten Tag, Mutter«, ein Kuß auf die Wange, »heute ist dein großer Tag, nicht wahr?«

»...?«

Zwei Koffer standen in der Tür zum Wohnzimmer. Rainer ging darauf zu und hob sie an.

»Was ist darin, Mutter? Sie sind so leicht.«

»Es sind zwei Koffer voller Sehnsucht, mein Junge«, sagte sie mit zittriger, verweinter Stimme.

Als Luise in die große, geräumige Nobelkarosse stieg, wurde sie auch von Peter und Marlis begrüßt.

49

»Wir sind alle gekommen, nur für dich«, sagte Marlis.
Bald betraten sie mit ihrer Mutter ihr neues Zimmer im städtischen
Altenheim. Hier mußte Luise nun bleiben, für immer. Verzweifelt sah sie
Rainer an, doch sie schwieg. Sie wollte ihren Stolz, den ihr Mann fünfzig
Jahre zu schätzen gewußt hatte, nicht in ihrem hohen Alter verlieren.
Doch in diesem Augenblick der Verzweiflung zerbrach ihr Herz.
Rainer stellte die zwei Koffer in einer Ecke des Zimmers ab und nahm
seine Mutter noch einmal in den Arm, bevor er ging. Luise sagte jedoch
kein Wort und sah dabei ins Leere.
Ein Jahr später, als Luise starb, trafen sich die drei Geschwister im
Altenheim wieder, um die letzten Sachen ihrer Mutter abzuholen. Auch
die zwei Koffer waren noch da, die ihnen übergeben wurden. Und sie
waren immer noch so leicht. Sie fuhren zu Rainer, der ein eigenes Haus
mit neun Zimmern besaß. Beim Kaffee öffneten sie dann die Koffer. In
dem einen war ein Bild ihres Vaters. In dem anderen ein Bild der drei
Geschwister. Das war der ganze Inhalt der zwei Koffer, die voll mit den
Sehnsüchten ihrer Mutter waren.

CHRISTIANE KRAUSE

DER LEBENSBAUM

»Entschuldigen Sie!« rief der alte Mann am anderen Ende der Parkbank,
als wäre ich schwerhörig. »Entschuldigen Sie, darf ich Sie etwas fragen?«
Er hatte schon dort gesessen, als ich gekommen war, in seinem dicken
Wintermantel, die Hände tief in die Taschen gestemmt, und zwischen
Pelzmütze und Wollschal fror sich sein kleines Gesicht rot. Er saß längst
im Schatten und merkte es nicht, starrte nur unentwegt zu dem
Lebensbaum hinüber.
Ich hatte wenig Lust auf ein Gespräch, wollte nur dem Frühling lauschen
und meine Winterohren an die neuen Laute gewöhnen. Aber als ich
jetzt den Kopf wandte, sah er mich mit so ängstlich-bittenden Augen an,
als hinge von der Beantwortung der Frage sein Leben ab: »Können Sie
mir sagen, ob die Kohlmeise schon singt?«
Darauf war ich nicht gefaßt.
»Die Kohlmeise? Ob sie schon singt? – Nein, ich habe sie auch schon
vermißt.«
»Das ist eigenartig. Sie müßte längst da sein. Dort in der Thuja, im
Lebensbaum, hat sie oft gesessen. – Der Buchfink auch. Und die Dros-
sel. Sie singen nicht. Warum singen sie nicht?«
Nein, das war kein seniles Geschwätz. Das war Sorge, Unruhe, war
Angst vor etwas Unausweichlichem.
»Haben Sie etwas gesagt? Ich bin – wissen Sie – ich – ich kann Sie nicht
hören. Ich bin taub. Aber ich kann einigermaßen von Lippen ablesen.
Wenn Sie so freundlich sein wollen, sich mir wieder zuzuwenden. Wenn
Sie – wenn ich Sie nicht belästige.«
»Es tut mir leid, das habe ich nicht gewußt. Können Sie mich so
verstehen?«
»Danke. Ja. Danke. Sie sprechen sehr deutlich. Ich kann Sie gut ver-
stehen.«

»Aber warum...«

»Ich weiß, was Sie sagen wollen: Warum sitzt der hier, um die Vögel zu hören, wenn er sie gar nicht hören kann? Ich kann sie hören. Immer. Sie sind in mir. Aber ich muß wissen, ob sie auch wirklich singen.«

»Dann waren Sie nicht immer taub? Sie wissen, wie die Vögel singen?«

»Wie die Vögel singen? Oh ja.« Er löste den traurigen Blick von meinen Lippen und ließ ihn über die Wiese taumeln, hilflos, kraftlos, irgendwohin. »Oh ja, ich weiß, wie die Vögel singen.«

»Aber ist es nicht furchtbar, wenn man sie dann nicht mehr hören kann?«

»... wenn man sie dann nicht mehr hören kann. – Daß Sie das sagen.« Und wieder gingen die trüben Augen an mir vorbei und schienen von irgendwoher eine Erinnerung zu holen. »Meine Frau ist vor fünfzehn Jahren gestorben. Ich wußte sehr früh, daß ich schwerhörig werden würde. Aber mit ihr zusammen war das keine Bedrohung für mich.« Er sprach jetzt leise und zögernd, jedes Wort fiel ihm schwer und wollte doch unbedingt heraus.

»Sie sagte: ›Auf das Gerede der Menschen kannst du auch mal verzichten. Und wenn es schlimmer wird, dann werde ich dein Ohr sein. Durch mich wirst du verstehen, was die Leute sagen.‹ Als unser Sohn geboren wurde und ich bei seinem ersten Schrei zusammenschrak, da lachte sie und sagte: ›Siehst du, was wichtig ist, das kannst du hören, mach dir keine Sorgen. Vieles, was wir hören, ist so unwichtig.‹ Und später sagte sie: ›Solange du die Vögel noch singen hörst, ist alles gut.‹

Als sie starb, vor fünfzehn Jahren, konnte ich nicht mehr hören, was sie mir sagte. Sie flüsterte nur noch. Aber ich hörte die Amsel, die vor dem Fenster saß, und ich wußte, daß sie recht gehabt hatte: Solange du noch die Vögel singen hörst... – Jetzt höre ich auch die Vögel nicht mehr.«

Sein Blick kam zurück, langsam, schrittweise, und der kleine Funke erlosch.

»Ich hätte Ihnen das nicht erzählen sollen«, seine Augen hakten sich wieder in meine Lippen, »aber das Vogelbuch, das ich in Ihrer Tasche sah, hat mir Mut gemacht.«

»Ja, ich bin Biologielehrerin. Ich wollte sehen, welche Vögel schon da sind, ich wollte morgen mit meiner Klasse herkommen. Aber es ist wohl noch zu früh.«

»Zu früh, ja. Aber vielleicht singen sie überhaupt nicht mehr.«
»Wie kommt es, daß der Gesang der Vögel für Sie so wichtig ist? Ich
meine, es gibt andere Geräusche und Stimmen in der Natur ...«
»Wie es kommt? Es hängt wohl mit dem Kanarienvogel zusammen, den
meine Eltern mir schenkten, als ich sieben war.« Er sprach jetzt fließend,
als könne er diesen Text schon auswendig. »Er sang so schön, aber ich
hörte immer nur heraus: Ich will frei sein! Schon nach einer Woche ließ
ich ihn fliegen. Ich konnte nicht einsehen, daß er draußen keine Überle-
benschance hatte. Ich hörte nur immer die Verzweiflung aus seinem
Rufen und Trällern, was wiederum meine Eltern nicht verstehen wollten.
Erst viel später erkannte ich, was das Singen der Vögel wirklich bedeutet.
Ich befaßte mich – ich wurde – ich ...« Er verstummte plötzlich, als wisse
er nicht weiter oder als wolle er nicht weiter sprechen. Und als jetzt eine
junge Frau auf ihn zusteuerte, da schien er sehr erleichtert zu sein, weil
ihm das Satzende erspart blieb.
Sie setzte sich zwischen uns und wandte sich mir zu: »Ich hoffe, mein
Schwiegervater hat Sie nicht zu sehr belästigt. Er fragt immer alle Leute,
ob die Kohlmeise schon singt. Sie ist für ihn der Inbegriff des Frühlings.
Solange sie nicht singt, ist Winter, ist Stille, ist Tod. Es ist schwer
geworden mit ihm, er ist so traurig, so mutlos. Er lacht nicht mehr. Und
er hat jetzt so viel Angst. – Aber entschuldigen Sie«, sie drückte die
Tränen weg und lächelte, »ich bin schon genauso lästig wie er und
genauso unhöflich. Ich bin Frau Sohlbach.«
»Ich heiße Weber. Aber Sohlbach? Ist denn Ihr Schwiegervater d e r
Sohlbach?«
»Ja. Er war Ornithologe. Er hat auch das Buch verfaßt, das Sie da neben
sich liegen haben.«
»Aber dann ist er ja, dann hat er ja ...«
»Ja, er hat den Gesang der Vögel studiert und die Bedeutung vieler Rufe
und Melodien untersucht.«
»Aber warum hat er mir das nicht gesagt?«
»Warum? Ja, warum. Er hat Angst. Er hat Angst, daß die Vögel vielleicht
tatsächlich nicht mehr singen und daß er schuld daran ist und daß sie ihn
für – ja, wie soll ich sagen – für untreu, verräterisch und wortbrüchig
halten. ›Solange ich die Vögel hören kann, ist alles gut‹, hat er immer

gesagt. Und jetzt weiß er nicht, ob er sie nicht hört oder ob sie wirklich nicht mehr singen.«

Ich bin mit meiner Klasse in den Park gegangen, einige Wochen später. Ich habe die Schüler gefragt, was sie empfinden, wenn sie die Vögel nicht hören, und haben ihnen Ohropax in die Ohren gesteckt.
Sie haben geschrieben:
Das ist kein richtiger Sommer, wenn die Vögel nicht singen.
Wenn ich die Vögel nicht hören kann, dann sind auch die Blumen tot.
Das darf ja gar nicht sein, daß man die Vögel nicht hört.
Das ist so still, das macht mir Angst.
Vielleicht ist so der Tod.

Ich hatte ihnen von Professor Sohlbach erzählt, und als wir ihn dann im Park trafen, da setzten sie sich vor den Lebensbaum und deuteten auf die Vögel ringsum und flatterten und nickten und formten Rufmulden mit den Händen und ahmten mit Lippen und Zungen und Fingern und mit allen Ausdrucksmöglichkeiten, die ihren kleinen Körpern und kindlichen Empfindungen gegeben waren, die Vögel nach.
Und der alte Mann saß mitten unter ihnen. Über dem dicken Wollschal zuckte es, und ein kleines Lächeln stahl sich ins Leben zurück.

HANS KREINER

DIE BURGRUINE

Verschlossen, abweisend sieht sie herunter in den Talgrund von ihrem Felsen mitten im Wald. Furchterregend beinahe die wuchtigen Mauern mit den leeren Augen der Fenster. Erst wenn man sich ihr nähert, offenbart sie ihre ganze Ausdehnung und Gliederung auf dem Felsrücken, aber auch das ganze Ausmaß der Zerstörung. Ein übermütiges Weibsstück soll die Katastrophe verursacht haben, als es die nach erfolgloser Belagerung abziehenden Türken durch eine drastische Verhöhnung bis zur Weißglut reizte. Der darauf folgende erneute Ansturm besiegelte das Schicksal der Burg und ihrer Bewohner.
Einige Jahrhunderte sind seither vergangen, stumm und tot steht die Ruine da. Stumm und tot? Niemals. Es ist nur ein anderes Leben, das jetzt in ihr ist. »Kiäää«, tönt der Schrei des Bussards, der sich vom Aufwind hochtragen läßt, um dann über das Tal hinzustreichen auf der Suche nach Beute. Keine Bewegung entgeht den scharfen Augen, die Maus in der Ackerfurche kann ihrem Schicksal nicht entrinnen. Und viele Mäuse sind, nebst anderem Kleingetier, notwendig, um den Hunger der drei jungen Bussarde zu stillen. Die beiden Alten kommen kaum zur Ruhe und verweilen nur kurz am Nest in der Föhre, die ihre Wurzeln in die höchste Mauerkrone krallt. Der Platz ist gut gewählt, so sicher wie hier ist die junge Brut sonst nirgends. Nicht von außen und nicht von innen kommt man an den Platz heran, der Mensch nicht und auch nicht das vierbeinige Raubzeug. Das hat auch das Wiesel erfahren müssen als letzte Erkenntnis, bevor es ein Flügelschlag des alten Bussards von der Mauer warf, kirchturmtief an den Fuß des Burgfelsens.
Birken wachsen aus den Mauernischen und verdecken mit ihrem hellen Grün das stumpfe Grau der Steine. In den kleinen Höfen wuchern Kräuter und Sträucher, giftig und ungiftig, wild durcheinander. Wo einst zarte Frauenfüße über die Stiegen huschten oder schwere Schuhe

polterten, krabbelt allerlei Getier über die verwachsenen Schuttberge, meist nachts, am Tag merkt der Besucher kaum etwas davon. Heimlich und verschwiegen ist das Leben in der Ruine, aber nicht weniger intensiv als das laute Getue der Menschen Jahrhunderte vorher in der Burg. Was ist schon der Mensch? Was sind Jahrhunderte? Das Leben fragt nicht danach.

RUDY KUPFERSCHMITT

IHR KIND

Frühsommer. Angenehm warm. Sie fährt mit offenem Verdeck. Ländliche Gegend. Der nächste Termin in zwei Stunden. Sie hat Zeit. Selten genug. Sie drosselt die Geschwindigkeit. Voralpenidylle. Bilderbuchpanorama. Duft nach Heu. Bunte Farbtupfer auf den Wiesen. Die Luft flimmert. Wind umspielt ihre Stirn. Menschen im Heu. Wortfetzen klingen an ihr Ohr. Kinderlieder. Kinderlachen. Ihr Kind wird in drei Wochen geboren werden. Sie hat Erfolg. Geld, Einfluß. Verantwortung. Jetzt die Krönung. Ihr Kind. Bestens geplant. Vertretung für ihr Geschäft bestellt. Höchstens sechs Wochen. Kindermädchen engagiert. Terminplan gekürzt. Nächstes Jahr wird sie vierzig. Kürzer treten. Zeit für sich. Zeit für ihr Kind. Ihr Wunschkind. Sie bietet ihm alles. Kinderzimmer nach neuesten Erkenntnissen eingerichtet. Kindgerecht. Raumaufteilung optimal. Es wird sich wohlfühlen. Alles

beste Qualität. Der Preis spielt keine Rolle. Das Beste für ihr Kind. Vorsorgeuntersuchungen ohne Befund. Es ist kerngesund. Höchstwahrscheinlich ein Mädchen. Eine Sie. Gut, daß es kein Kerl ist. Der Kleinen wird es besser gehen als ihr. Sie wird in einem warmen Heim aufwachsen. Umsorgt. Umhegt.
Ihr wurde nie etwas geschenkt. Die Eltern nie gekannt. Abgeschoben. Waisenhaus. Mit fünfzehn in die Lehre. Schneiderin. Nichts in den Schoß gefallen. Abendschulen. Schuften. Buckeln. Hochdienen. Studium. Mode. Design. Eigenes Studio. Erste Auszeichnungen. London. Paris. Mailand. Sie hat es geschafft. Ausgesorgt.
Ihr Kind. Nur ihr Kind. Sie wird ihm Vater und Mutter sein. Mutter allein genügt auch. Beziehungen muß man haben. Normalerweise keine künstliche Befruchtung für Alleinstehende. Aber, gnädige Frau. In Ihrem Fall. Es gibt Wege. Selbstverständlich. Speichellecker. Keine Kosten gescheut. Geld öffnet Türen. Geld, der Schlüssel zum Glück. Ihr Glück. Ihr Kind.
Vor ihr die Leinbachtalbrücke. Länge 520 m. Höhe 67 m. Gute Fahrt. Der Asphalt spiegelt. Sie tritt auf das Gaspedal. Es reicht. Sie braucht einen klaren Kopf. Immer auf dem Boden bleiben. Nicht abschweifen. Keine Zeit für Sentimentalitäten. Nicht das Konzept verlieren. Keine Ablenkung.

Die Fahrbahn. Feucht. Wasser. Öl. Fata Morgana. Runter mit der Geschwindigkeit. Bremse antippen. Nicht bremsen. Nicht durchtreten. Der Wagen schlingert. Keine Lenkbewegungen. Nichts tun. Schlittenfahren.
Sie durfte nie Schlittenfahren. Es gab keine Schlitten im Waisenhaus. Das Geländer. Solide Stahlkonstruktion. Reagiert nicht. Es wird halten. Gummi. Eis im Tauwetter. Einmal gab das Eis nach. Sie brach ein. Niemand hat sie gerettet. Sie kämpfte sich selbst heraus.
Ein klarer Schnitt. Messerscharf. Mit dem Skalpell durch weiche Butter. Nur fliegen ist schöner. Knallhart. Ihr Leben. Keine Zärtlichkeit für sie. Kein Mensch für sie. Nur ihr Kind.
Sie ist vier Jahre. Stocksteif steht sie da. Alle Kinder in einer Reihe. Eine Hand streichelt. Sie dreht den Kopf weg. Bockbeiniges Kind. Sie will eine Hand für sich. Nur für sich.
Ostern. Irgendwann. Jede hat ein Osternest. Ihr Nest ist das schönste. Ihr Nest fällt zu Boden. Zerbrochen. Kein Lob für sie.
Der pickelgesichtige Junge sucht ihre Hand. Was soll sie mit ihm. Er hat nichts. Er ist nichts. Keine Hand für ihn.
Keine Hand für sie. Nur ihr Kind. Sie sucht Halt. Keiner streichelt sie. Kein Nest. Keine Hand. Keine Berührung.
Ein Schnitt. Mitten ins Herz. Kein Mensch für sie. Nur ihr Kind. Der Junge sucht ihre Hand. Die Fassade bröckelt. Sie fällt. Er heult. Stures Mädchen. Steckensteif. Keine Träne für sie. Ihr habt mein Nest zerstört. Eine warme Hand. Ein riesiges Nest. Ausgespuckt. Hineingefallen.

Pressenotiz am nächsten Tag:
Die bekannte Modeschöpferin Carol Firol kam bei einem tragischen Verkehrsunfall ums Leben. Aus bislang ungeklärter Ursache durchbrach ihr Wagen das Geländer der Leinbachtalbrücke und stürzte 60 Meter in die Tiefe. Carol Firol verstarb kurz nach Eintreffen der Rettungsmannschaft. Wie durch ein Wunder konnte das Kind der im neunten Monat Schwangeren in einer an Ort und Stelle vorgenommenen Notoperation gerettet werden. Dem neugeborenen Mädchen geht es nach Auskunft der Ärzte den Umständen entsprechend gut.

EDITH LEIDAG

ZWANZIG QUADRATMETER

Die Frau geht langsam durch die leere Wohnung. Es ist dämmrig. Der Geruch vergangener Jahre nistet in den Räumen, ihr Geruch. Vertraut und doch so fremd, nun, wo alles leer ist. Müde und traurig setzt sie sich auf die Kiste. Es ist die letzte. Die anderen und all die Dinge, an denen ihr Herz hängt, haben sie schon abgeholt. Einige wenige Sachen darf sie mitnehmen. Ihr neues Zuhause läßt nicht viel Platz für persönliche Erinnerungsstücke.

Zwanzig Quadratmeter, aufgeteilt in meine Seite und ihre Seite, denkt sie. Ob es ihr wohl ebenso schwerfiel zu gehen?

Zwanzig Quadratmeter, warmes Essen und Pflege inbegriffen. Sie müsse dankbar sein, hatte man ihr gesagt. Manchmal werde auch Theater gespielt für die alten Leute. Und vorgelesen.

Dankbar sein. Die Frau seufzt und läßt ihren Blick noch einmal durch die vertrauten Räume gleiten. Ein letztes Mal.

Die blau-grüne Tapete hat Karl nie gefallen, sinniert sie, vielleicht sollte ich im Frühjahr eine neue...

Sie stockt in ihren Gedanken, begreift, daß solche Pläne nun nicht mehr die ihren sind.

Plötzlich bleibt ihr Auge an einem Gegenstand hängen, der wie verloren in dem nun kahlen Raum liegt.

Mühsam steht sie auf, ein wenig neugierig, was den Händen der Packer entgangen sein könnte.

Die Frau bückt sich, langsam, ihren gebeugten Rücken schonend. Ihre Hände, deren Pergamenthaut die Adern durchscheinen läßt, berühren hilfesuchend die Wand und ergreifen dann tastend ein Buch.

Sie bewegt sich müde zum Fenster hin, durch das die Sonne ihre letzten Strahlen schickt.

Es ist ein Märchenbuch. Ihr Märchenbuch.

Mit schweren, unsicheren Schritten geht sie zu der Kiste zurück und schlägt das Buch auf.

Es ist dunkel geworden, das Licht reicht nicht mehr zum Lesen. Aber die Frau braucht kein Licht. Die Erinnerung bringt ihr Zeile für Zeile ins Gedächtnis zurück. Ihre Mutter hatte ihr oft vorlesen müssen. Sie wurde nie müde, von Elfen, Zwergen und Blumen zu hören, so daß sie jeden Vers auswendig kannte.

Sie hält das Buch fest in ihren Händen. Ihre Gedanken gehen auf die Reise. Eine Reise in ihre Kindheit.

Weihnachten war es. Ein Weihnachtsfest, auf das sie sich schon lange gefreut hatte. Sie hatte ein Gedicht geschrieben. Es war für ihren Vater bestimmt. Sie liebte und bewunderte ihren Vater mit der ganzen Zutraulichkeit ihrer zehn Jahre.

Es kamen oft fremde Männer, mit denen er sich dann zurückzog in ein Zimmer, das nur ihm gehörte. Allein das war schon etwas Großartiges für sie. Keiner der Väter ihrer Freunde hatte ein eigenes Zimmer. Dicke Rauchschwaden hingen dann in der Luft. Die Männer redeten laut und oft sehr erregt miteinander. Immer aber kamen sie mit stolzen Gesichtern heraus, aus denen Unbeugsamkeit und Mut sprachen.

Sie verstand noch nicht, worum es ging. Diese Treffen gehörten zu ihrem regelmäßigen und behüteten Leben, wie das freitägliche Bad in der alten Zinkwanne mitten in der Wohnküche.

Sie spürte nur, daß es etwas Wichtiges sein mußte. Mutter hatte jedesmal diesen ängstlichen Gesichtsausdruck. Manchmal brachten die Männer auch Stapel von bedrucktem Papier mit. Sie hörte Vater dann spät abends, wenn sie im Bett lag, die Treppe hinuntersteigen und Mutter flüstern: »Gib acht auf dich, bitte sei vorsichtig!«

Morgens waren die Blätterstapel dann verschwunden.

An diesem Weihnachtsmorgen war sie besonders aufgeregt. Sie hatte sich eine Puppe gewünscht von ihrem Vater.

Da lagen nun die süßen Herrlichkeiten, auf die sie sich schon Wochen vorher gefreut hatte. Aber keine Puppe weit und breit. Sie war enttäuscht.

Während sie ihrem unerfüllten Wunsch noch nachtrauerte, sah sie das Buch. Sie hatte noch nie ein Buch bekommen. In den Kreisen, in denen sie aufwuchs, verdrängten die täglichen Sorgen den Gedanken an Bücher. Vater war der einzige weit und breit, bei dem sie Bücher sah, und er wurde oft genug deshalb verspottet.

Und nun hatte auch sie ein Buch. Wunderschön sah der glänzende Einband aus. Bunte Tiere, Fabelwesen und kleine Blumengesichter sahen ihr entgegen. Als sie es aufschlug, entdeckte sie, daß ihr Vater einige Zeilen hineingeschrieben hatte. Sie verstand es noch nicht ganz, las etwas von dem Pfad ihres Lebens, von Geradlinigkeit, Unbestechlichkeit und Mut. Sie hatte jedoch das Gefühl, etwas Besonderes geschenkt bekommen zu haben.

Mitten in der Nacht wurde sie durch Geräusche geweckt. Durch einen Türspalt sah sie Vater, warm eingepackt in seinen dicken Tuchmantel, mit schweren Stiefeln und den blauen Strickhandschuhen. Unter dem Arm trug er wieder einen Stapel dieser Blätter. Mutter fragte ihn, ob es denn auch am Weihnachtstag sein müsse.

»Gerade an Weihnachten«, sagte er mit fester Stimme. »Gerade an Weihnachten sollen sie alle wissen, was mit ihnen geschieht.« Dann ging er die Treppe hinunter, und sie legte sich schläfrig in die Kissen zurück.

Am anderen Morgen saß Mutter allein am Frühstückstisch. Vater war nicht nach Hause gekommen. Sie hielten sich an den Händen, den ganzen Morgen, und warteten. Dann kamen die Männer. Genagelte Stiefel hämmerten den angstmachenden Rhythmus. Treppe für Treppe. Das Mädchen sah braune Uniformen, kalte Gesichter, und Mutter hörte nicht mehr auf, zu weinen. Sie bekam Angst wie noch nie in ihrem Leben, lief in ihr Zimmer und versteckte sich in der schützenden Höhle des Bettes.

Spät am Nachmittag kam Mutter zu ihr und nahm sie in den Arm. Sie müsse ganz tapfer sein. Sie beide würden nun eine ganze Weile allein bleiben, ohne Vater.

»Wo ist er«, rief das Mädchen, »wann kommt er denn wieder?«

»Vater ist bei den Moorsoldaten«, erwiderte die Mutter leise. Sie hatte das Märchenbuch in der Hand und begann, langsam eine Geschichte daraus vorzulesen. Es folgten noch viele Geschichten. Immer, wenn sie an Vater dachten, holte Mutter das Buch und las vor. Es wurde zur wichtigsten und einzigen Verbindung, die sie hatten.

Sie hörten lange nichts von ihrem Vater. Später kamen einzelne Briefe.

Nicht mehr aus dem Moor. Die Briefe trugen den Stempel eines Ortes, den sie nicht kannte, wo nie eine Tante oder ein Onkel gewohnt hatten. Buchenwald.

Eines Tages kamen keine Briefe mehr.

Die Frau sitzt ganz still. Das Zimmer ist nun in völlige Dunkelheit getaucht. Die Lichter der Straße lassen nur noch Umrisse erkennen. Dann erhebt sie sich abrupt, geht zur Tür, als wolle sie schnell etwas hinter sich bringen.

Zwanzig Quadratmeter, meine Seite, ihre Seite.

Und meine Erinnerungen. Mein Buch.

Die Tür fällt ins Schloß. Entschlossen geht sie weiter, ohne sich umzusehen.

ANKE LEVERMANN

DIE MELODIE DES LEBENS

Es war einmal ein kleines Mädchen.
Es war ein hübsches kleines Mädchen mit lustigen weizenblonden Haaren, in denen der Wind spielte, und mit blauen Augen, die funkelten, so wie das Meer funkelt, wenn die Sonnenstrahlen auf ihm tanzen.
Immerfort fröhlich war das Mädchen, und der Tag war erfüllt mit seiner kleinen Melodie, mit der es am Morgen die Sonne begrüßte, und die es des Nachts den Sternen vorsang.
Doch eines Tages – ganz plötzlich geschah es –, da wurde es tieftraurig, und die Trauer wurde so übermächtig, daß das kleine Herz zu ersticken drohte. Das Mädchen hatte die Melodie, seine eigene kleine Lebensmelodie, verloren. Sie war nicht mehr, und die Stimme der Seele verstummte.
Eines Morgens war der Schmerz so groß, daß das kleine Mädchen, blind vor Tränen und mit sterbender Seele, aufbrach, um sie zu suchen, ihre kleine Melodie. Irgendwo mußte sie doch sein, irgendwo hatte es sie verloren, und ohne diese wunderbare Musik konnte es nicht leben und war ganz stumm innen und außen.
So machte sich das Mädchen auf den Weg, geradewegs hinaus in die Welt. Es war ein wunderschöner, warmer Morgen, und die Sonne strahlte wohlig und hell. Die gelbe Sonne schien direkt auf das Mädchen herab. Da blieb es stehen und lauschte. Eine leise Musik schwebte herab, geradezu wie eine Erinnerung, und das Mädchen schaute hinauf, geradewegs in die Sonne hinein. Da traf es seine Augen wie ein Feuerstrahl! »Wende dich ab von mir!« rief die Sonne.
Erschrocken schrie das Mädchen auf und verbarg sein Gesicht in den Händen. »Ach, liebe Sonne«, sagte es und begann zu weinen, »ich dachte, ich hätte meine Melodie wiedergefunden, meine wunderschöne, kleine Melodie, die mein Leben war.«

Die Sonne lächelte und streichelte dem Mädchen sanft über die Wange.
»Diese Melodie«, sprach sie, »ist meine eigene, und du würdest mit ihr
verbrennen. Suche weiter nach der Musik, die nur für dich allein spielt,
und spiele niemals die Töne, die nicht dir gehören!«
Damit hatte die Sonne etwas sehr Weises gesagt.
So setzte das kleine Mädchen traurig seinen Weg fort.
Gegen Mittag wurde es müde und legte sich ins Gras inmitten bunter
Blumen. Da hörte es plötzlich direkt neben seinem Ohr eine liebliche
Melodie, ganz leise und zart.
»Ist das meine Melodie?« rief es da aus. »Wo bist du denn?«
»Hier unten bin ich!« rief die kleine Blume, die noch so klein war, daß
das Mädchen ihr zartes Grün nur ahnen konnte.
»Ach«, sagte das kleine Mädchen enttäuscht, »das ist deine eigene
Melodie, nicht wahr? Ich spüre es wie eine Erinnerung, wenn du sie
spielst. Sie ist wunderschön.«
»Sie ist noch gar nicht fertig«, sprach da die kleine Blume. »Jeden Tag
kommt ein neuer Ton hinzu, und so klingt sie immer wieder neu und
einzigartig schön.« Damit hatte die Blume etwas sehr Weises gesagt.
Seufzend und schrecklich traurig setzte das kleine Mädchen seinen Weg
fort. Plötzlich blieb es stehen, wie vom Donner gerührt. Eine gewaltige
Musik tönte herbei, wie eine mächtige und schwere Symphonie, kom-
poniert aus den Tönen des Lebens. Dort, hinter dem Felsen, dort
mußte die Musik sein!
»Ach! So gewaltig kann doch meine Melodie nicht sein. Und doch ist
mir so, als würde ich sie kennen!«
Das kleine Mädchen kletterte so schnell es konnte auf den hohen
Felsen, und als es dort ganz oben stand, da sah es das blaue Meer unter
sich, wie es in gewaltigem Wellenspiel die Symphonie des Lebens
ertönen ließ. Ganz wunderbar war dieses Gefühl, dieses mächtige
Rauschen, das das Mädchen ganz erfüllte. Selig streckte es die Arme
weit in den Himmel und wollte einfach hineintauchen in das Blau.
Da grollte das Meer gewaltig auf und sprach mit donnernder Stimme:
»Meine Melodie ist die des tiefen und tragischen Lebens! Deine Seele
würde in mir ertrinken, mein Mädchen. Sie würde untergehen und sich
selbst verlieren in dieser unendlichen Tiefe.«

Damit hatte das Meer etwas sehr Weises gesagt.

Da schlug das Mädchen die Hände vor die Augen und begann hemmungslos zu weinen. »Ich werde sie niemals wiederfinden, denn ich habe ihren Klang vergessen. Ich kann mich nicht mehr erinnern.«

Und es weinte sich in den Schlaf. Und im Schlaf kamen ihm ganz wundersame, schwebende, träumende Töne, und es horchte auf.

War das die Melodie, nach der es suchte? So liebliche Klänge hatte es noch nie zuvor gehört, und doch war seine Seele angerührt.

Sanft strich der Wind dem Mädchen über die Wange.

»Ach, du bist das«, sagte das Mädchen, und ein ganz merkwürdiger Friede überkam es.

»Ja, ich bin's«, flüsterte der Wind. »Komm mit mir, mein Mädchen, und ich spiele dir etwas vor, damit deine Seele etwas Ruhe findet.«

Damit hatte der Wind etwas sehr Weises gesagt.

Und der Wind nahm das kleine Mädchen in seine Arme und trug es höher und höher, und als das Mädchen die Augen aufschlug, stand es vor einem herrlichen Schloß.

»Vielleicht kann mir der König einen Rat geben«, dachte es, öffnete das Tor und ging in das Schloß hinein.

Ganz geblendet war es von all der Schönheit und Pracht, die dort drinnen herrschten, es nahm dem Mädchen den Atem, und in seiner Beklemmung lief es zu dem Tor am anderen Ende des langen Ganges und öffnete es weit.

Da stand es in einem Garten, der war so schön, daß es nicht zu beschreiben war. Er reichte bis in den Horizont hinein und war voller Farben und Düfte. An einem Baum nahe einem kleinen Teich stand ein alter Mann.

»Bist du der Gärtner?« fragte das Mädchen und sah den Mann mit großen Augen an. Der alte Mann blickte dem kleinen Mädchen tief in seine blauen Augen. Das Mädchen erzitterte.

»Ich bin«, lächelte er, »der Gärtner, und wer bist du?«

»Ach«, sagte das kleine Mädchen leise, »ich weiß gar nicht mehr, wer ich bin. Ich bin auf der Suche nach meiner kleinen Melodie, denn ich habe sie verloren. Immer wenn ich glaube, ich habe sie wiedergefunden,

gehört sie doch jemand anderem. Ich kann mich schon gar nicht mehr an sie erinnern. Vielleicht kann mir der König helfen, Könige sind immer so weise.«

Der alte Mann lächelte wieder.

»Wie ist denn deine Melodie?« fragte das Mädchen. »Ich kann sie gar nicht hören.«

»Meine Melodie ist die des Windes und des Meeres, der Sonne und der Erde, und du hörst sie ganz deutlich«, sprach der alte Mann weise und breitete die Arme aus.

»Aber das kann doch nicht sein.« Das Mädchen schüttelte den Kopf.

»Der Wind ist der Wind, das Meer ist das Meer, die Sonne ist die Sonne, und die Erde ist die Erde!« rief es und hatte damit etwas sehr Weises gesagt, ohne es zu wissen.

»Und dieser Baum hier«, fuhr es erregt fort, berührte den Baum leicht mit der Hand und sah, wie seine Blätter mit dem Winde spielten und seine Früchte in der Sonne glänzten, »ist dieser Baum und kein anderer.« Es schaute sich wieder um, doch der alte Mann war nicht mehr da.

Traurig setzte es sich ins Gras, lehnte sich an den Baum und spürte, daß seine Seele schmerzhaft gerührt war, und es wußte nicht, warum.

Nach einer Weile kam der Hofnarr daher. Er begrüßte das kleine Mädchen freudig und setzte sich zu ihm ins Gras.

»Du bist sicher der Narr des Königs«, sagte das Mädchen, und der Narr nickte. »Ich bin der Narr des Königs, der König der Narren. Ich singe dir ein Lied, ich spiele dir ein Spiel, ich bringe dir ein Leid und eine Freude, grad' so wie's ist, so bin ich auch, jetzt, und gleich wieder anders.« So sprach er und schlug einen Purzelbaum.

Das kleine Mädchen lächelte. »Du komponierst deine Melodie immer wieder neu, nicht wahr? Ich brauche aber meine eigene, die ich kenne und liebe und die wunderschön ist.« Es sah den Narren an. »Kannst du mich zum König führen? Er kann mir vielleicht helfen. Ich bin gerade dem Gärtner begegnet, doch er sprach nur ganz merkwürdige Dinge und war dann plötzlich verschwunden. Kennst du ihn?«

Der Narr schlug noch einen Purzelbaum. »Der Gärtner«, rief er, »der Gärtner ist doch der König! Der König der Welt! Seine Melodie klingt, wie der Wind weht, das Meer rauscht, die Sonne strahlt und die

Blume wächst. Du mußt sie doch kennen, die Melodie!« rief der Narr
und hüpfte freudig den Weg entlang, immer weiter fort.

»Sie ist in dir!« rief er noch, als er schon ganz weit weg war.

Eine heilige Stille trat ein. Und dann erklang eine leise, wundersame
Musik. Wie von zarten Geigenklängen getragen wehte sie herbei. So
lieblich und schön war sie, daß sie die Seele des kleinen Mädchens mit
Ehrfurcht erfüllte und ihr Leben gab.

Und da erkannte das Mädchen seine eigene Melodie wieder.

Und Frieden kehrte ein.

WERNER LINDEMANN

SCHWALBEN

Sommerlich auflacht noch einmal die Luft über dem See, wenn aus dem
Ried der Schwalbenschwarm aufsteigt; eigenwillige Wolke, die lärmend
und sprudelnd gegen den Südwestwind dreht.
Der eine Vogel nur, Kinderhand voller Leben, zuckt zwitschernd zwi-
schen den Schilfhalmen; was nützt ihm der Trieb zum Fliegen, wenn die
Schwinge lahmt?
Mir ist, als hörte ich ein kleines Vogelherz trommeln.
Ein Lied von der Angst in der Einsamkeit.

BIRGIT NOWIASZ-OTTEN

DAS MÄDCHEN MIT DEN ROTEN HAAREN

Es war einmal ein Land, in dem hatten die Menschen blondes Haar. Warum das so war, wußte man nicht – vielleicht war einst ein Zauberer schuld daran gewesen. Fest stand jedoch, daß die Menschen stolz darauf waren, und die Prinzessinnen jenes Landes trugen die schönsten blondgelockten Haare weit und breit.
In diesem Land lebte auch ein Mädchen, unten im Dorf an der Königsburg. Dieses Mädchen war gar nicht stolz und glücklich. Denn das Haar jenes Mädchens war rot wie das Feuer.
Abends stand es lange am Fenster und schaute auf die Straße hinaus, lauschte dem Lachen der anderen Kinder, ihren Spielen und Gesängen. Hinauszugehen wagte es nicht, denn es geschah immer wieder dasselbe. Sobald es sich draußen auf der Straße zeigte, fingen die Kinder an, zu kichern und zu spotten und Namen zu rufen, wie »Feuerkopf«, »Mohrrübe« und »Kupferkanne«. Manche, die ganz vorwitzig waren, streckten ihre Hand nach dem Mädchen aus, zogen sie rasch wieder zurück und schrien: »Au, au, ich habe mich verbrannt!« Und dann lachten sie laut. Die Erwachsenen rümpften die Nasen oder tuschelten untereinander, wenn das Mädchen vorüberging. Und manchmal hörte es sie sagen: »Ach, das arme Kind! Wie ist sie doch gestraft mit ihren Haaren. Und dabei hätte sie doch so hübsch werden können wie unsere eigenen Kinder auch.«
Und so kam es, daß das Mädchen abends allein am Fenster stand, bis der Mond aufging und die Sterne funkelten. Sehnsuchtsvoll starrte es in die Nacht, denn es hatte gehört, wenn man eine Sternschnuppe sähe, dürfe man sich etwas wünschen. Und es wußte, was es sich wünschen würde.
Manchmal träumte es davon, am nächsten Morgen aufzuwachen und seine Haare blond zu finden, nur weil es sich das so sehr wünschte.

77

Doch es geschah nie. Sein Haar blieb flammendrot, und auch wenn es versuchte, es einzufärben, schimmerte das Rot stets wieder durch. Wenn das Mädchen auf die Straße ging, trug es meistens eine Mütze, wenn das auch nur wenig nützte, weil die Leute um die Farbe der Haare wußten, die es darunter verbarg.

Das Mädchen wurde immer unglücklicher. In den Spiegel schaute es schon lange nicht mehr. Und eines Tages packte es sein Bündel, versteckte sein Haar unter der Mütze und machte sich auf, in die Welt zu ziehen, um irgendwo einen Ort zu finden, an dem es willkommen war.

Lange wanderte es und weit, über Hügel und durch Täler und an Flüssen vorbei, durch Wiesen, Dörfer und ihre Felder. Schließlich kam es an einen Wald, und weil es so müde war, suchte es sich ein Lager unter einem Haselstrauch. Es rollte sich zusammen, weinte ein wenig über sein Geschick und fiel dann endlich in einen unruhigen Schlaf.

In diesem Wald aber wohnte eine Hexe, welche im Mondschein nach heilenden Kräutern suchte, die nur nachts ihre Wirksamkeit entfalteten. So suchte sie auch in dieser Nacht, doch statt der Pflanzen fand sie ein fremdes Mädchen, und der Haselstrauch verriet ihr seine Geschichte. Die Hexe lächelte leise, nahm das schlummernde Mädchen in ihre Arme und trug es mit sich in ihre Hütte, wo sie ihm ein bequemeres Lager bereitete.

Als das Mädchen erwachte, war es noch dunkel, und es gewahrte den Schatten der fremden Frau und erschrak. Doch die Hexe strich ihm beruhigend über das Haar, das jetzt keine Mütze mehr bedeckte, und tröstete: »Hab keine Angst. Bei mir soll dir kein Leid geschehen.«

Und da fing das Mädchen an zu weinen und erzählte der Hexe seine Geschichte, und diese verriet mit keinem Wort, daß sie sie schon vom Haselstrauch wußte.

Als das Mädchen geendet hatte, brach die Morgendämmerung herein, und es sah die Hexe nun deutlicher. Und als die ersten Sonnenstrahlen durch das Fensterchen hereinfielen, da leuchteten die Haare der Hexe auf, und das Mädchen hielt den Atem an, als es langsam immer heller wurde. Die Haare der Hexe waren rot wie das Feuer, wie Mohnblüten im Feld, wie Kupfergerät im Sonnenschein. Und die Hexe lächelte wieder.

»Du bist nicht allein«, sagte sie zu dem Mädchen, »und du bist es nie gewesen. Es gibt viele, viele Menschen wie uns, Männer und Frauen und Kinder. Nur weil du in deinem Dorf die einzige bist, bist du es noch lange nicht auf der Welt.«

»Aber…«, brachte das Mädchen staunend hervor, als es die Frau immer besser sah. »Du bist so schön, und ich bin so häßlich.«

»Haben sie dir das eingeredet?« fragte die Hexe. »Oder warst du das vielleicht selber? Verlaß dich nicht darauf, was die Leute sagen. Die Wahrheit kannst du nur selbst erkennen, denn die Wahrheit ist für jeden anders.«

Sie griff nach einem kleinen Spiegel, der auf dem Tisch hinter ihr lag, und forderte das Mädchen auf hineinzublicken. Das Mädchen mit dem roten Haar wagte kaum hineinzuschauen, so sehr fürchtete es sein eigenes Gesicht, von dem die Leute gemeint hatten, es sei häßlich. Schließlich riß es aber doch die Augen auf und starrte auf das mattschimmernde Bild, das der Spiegel ihm entgegenwarf. Und es war das Gesicht einer jungen Frau, ebenso schön wie das der Hexe.

»Alle Menschen sehen unterschiedlich«, sagte die Hexe sanft zu ihm. »Und nicht ihr Blick ist es, der zählt. Sieh dich selbst so, wie du bist, nicht durch die Augen anderer Menschen. Erst dann können auch sie lernen, dich zu sehen, wie du selbst es gern hättest.«

»Aber sie haben mich verspottet«, flüsterte das Mädchen. »Ich will nie wieder zu ihnen zurück. Bei ihnen sind nur die Blonden schön, und die Blondeste ist ihre Prinzessin.«

»Möchtest du ihre Prinzessin sein, oder wärst du lieber du selbst? Sie sind dumm, sie wissen es nicht anders. Wenn du nicht zurückgehst, es sie zu lehren, werden sie es niemals verstehen, und jedes Kind, das anders ist, wird unter ihrem Spott leiden müssen.«

»Sie werden nicht auf mich hören«, meinte das Mädchen unsicher.

»Sie werden es. Vielleicht nicht alle und vielleicht nicht bald, aber du kannst den Anfang machen. Und vielleicht ist dies ja auch der Grund, weshalb du mit roten Haaren geboren wurdest. Vielleicht war dies deine Aufgabe von Anfang an.«

Das Mädchen seufzte. Dann nickte es.

»Ich werde gehen«, sagte es.

Das Mädchen blieb noch eine Weile bei der Hexe und lernte viel über sich selbst und darüber, die Dinge richtig zu sehen, und es erfuhr, daß es sogar Menschen gab, die schwarze und braune Haare besaßen. Und ihm taten die Leute leid, die all dies nicht wußten oder ahnten, die nur einen Splitter des Ganzen kannten statt der Vielfältigkeit und Größe des Lebens in allen seinen Formen. Und so kehrte das Mädchen in sein Dorf zurück, wo die Kinder auf den Straßen spielten, und siehe, es war erwachsen geworden und eine junge Frau. Und die Menschen blickten hinter dieser jungen Frau drein, denn sie strahlte etwas aus, das ihre Blicke auf sich zog. Nicht länger war sie klein und häßlich, sondern selbstbewußt und schön. Und die Menschen wurden neugierig.

BIRGIT NOWIASZ-OTTEN

DER MANN, DER DAS EINHORN SEHEN WOLLTE

Einst lebte in einer Stadt ein junger Mann. Er ging dort seinem Tagewerk nach und führte ein ruhiges Leben in seinem Haus. Er war weder reich noch arm, und er kümmerte sich wenig um das, was sich außerhalb der Stadtmauern befand oder ereignete.

Doch eines Tages kam der Fremde. Er sprach auf den Marktplätzen und in den Gasthäusern und Herbergen, und er sang von einem fremden Wesen, das hoch in den Bergen leben sollte, in einem verwunschenen Wald: dem Einhorn. Wunderschön sollte es sein, mit Fell aus Mondlicht und Sternenglanz, einem Schweif aus Rauhreif und einer Mähne, die einem Wasserfall glich. Seine Augen waren so alt wie die Welt, und in ihnen lag all die Weisheit der Zeiten. Auf seiner Stirn wuchs ihm ein Horn aus Perlmutt, und wem das Geschenk widerfuhr, es berühren zu dürfen, verspürte sein Leben lang die Wärme und Güte und Weisheit, die diesem Geschöpf inne war, bis er selbst ein Teil davon wurde.

Der Fremde ging und mit ihm die Lieder, doch der Traum des Wunderwesens blieb. Nachts lag der junge Mann lange wach, denn immerzu stand das Bild des Einhorns vor seinen Augen, das der Fremde beschworen hatte. Es zog ihn so in seinen Bann, daß er manchmal fürchtete, es zu verlieren, wenn er sich dem Schlaf hingäbe, und deshalb nicht einschlafen konnte. Tagsüber arbeitete er nicht mehr, denn plötzlich schien alles ohne Wert zu sein. Welchen Sinn hatte es denn, wenn es weit schönere Schätze gab, die alles andere bedeutungslos machten? Und schließlich packte er sein Bündel und zog fort, das Einhorn zu suchen, und er schwor sich, nicht eher wieder zurückzukehren, als bis er es gefunden hätte.

Lange Zeit irrte er umher, bis er das große Gebirge fand, von dem der Fremde gesprochen hatte. Viele Tage und Nächte waren vergangen, doch noch immer brannte die Sehnsucht in ihm, einmal dieses Einhorn zu sehen. Schließlich kam er in ein Dorf am Fuße der Berge.

Hier lebte ein alter Mann, der freundlich zu ihm war und ihm anbot, die Nacht unter seinem Dach zu verbringen. Als dann der Morgen graute, weckte er den jungen Mann mit den Worten: »Ich weiß, weshalb du gekommen bist, und wenn du es wünschst, so werde ich dich zum Einhorn führen. Doch du mußt wissen, daß es kein leichter Weg ist, und oftmals endet er in Enttäuschung.«

Der junge Mann war sofort hellwach. »Oh, gern nehme ich dein Angebot an. Wenn wir es doch nur bald finden würden – nie wieder werde ich Ruhe haben, bis ich dem Einhorn begegnet bin.«

Der Alte nickte und packte seine Sachen. Dann ging er um das Haus herum zu einem Stall, in dem ein Esel angebunden war. Er holte ihn und band einen Teil des Gepäcks auf seinem struppigen Rücken fest.

»Wir sind fertig«, sagte der Alte. Und sie zogen los.

Der Aufstieg in die Berge war sehr beschwerlich. Es gab nur einen schmalen, steilen Weg, der sich zwischen Felswänden hinschlängelte, stetig aufwärts führte über Geröll und lose Steinbrocken. Als sie am Abend halt machten, schienen sie erst ein ganz kurzes Stück zurückgelegt zu haben.

»Ach, wenn wir doch nur schon da wären«, seufzte der junge Mann. »Warum geht es denn nur so langsam voran?«

»Geduld«, antwortete der Alte. »Wissen und Weisheit sind nur mit Geduld zu erlangen, und so ist es auch mit dem Einhorn, das du suchst.«

Doch der junge Mann gab sich damit nicht zufrieden. Ruhelos verbrachte er die Nacht, und am nächsten Morgen erhob er sich in aller Frühe und drängte zum Aufbruch.

»Mein Esel und ich sind noch müde«, sagte der Alte. »Doch wenn du gehen möchtest, werden wir dich führen, wie es versprochen war.«

»Dann sollten wir gehen. Der Weg ist sicherlich noch weit, und wir dürfen keine Zeit verlieren.«

»Weit ist der Weg«, meinte der alte Mann. »Doch das mit dem Zeitverlieren, das ist eine andere Geschichte. Nun, so möge es sein, wie du wünschst.«

An diesem Tag ging es noch höher, noch steiler und beschwerlicher voran. Doch der junge Mann duldete keine Rast. Wenn der Alte und der Esel stehenblieben, um zu verschnaufen, so seufzte er ungeduldig, denn die Sehnsucht, das Einhorn zu sehen, trieb ihn beständig weiter vorwärts. »Du trägst auch zu schwer«, stellte er fest, als er wieder einmal auf den alten Mann hatte warten müssen. »Gib deinem Esel einen Teil deines Gepäcks. Er ist stärker als du und kann es wohl tragen.«

»Vielleicht kann er es«, meinte der alte Mann. »Und wenn du es wünschst, wird es so geschehen.«

Er band seine Last auf dem Rücken des Esels fest, und der junge Mann bemerkte zufrieden, daß der Alte plötzlich ebenso schnell und leichtfüßig dahinschritt wie er selbst. Ja, es war geradezu unheimlich, wie schnell sie jetzt vorankamen, und es schien, daß der Alte gar nicht mehr ermüdete und bald selbst an der Spitze ihres Zuges schritt. Der junge Mann blickte zurück auf den Esel, und kurzentschlossen band er ihm auch sein eigenes Gepäck auf den Rücken. Jetzt kamen sie sogar noch schneller voran.

Am Abend lagerten sie zwischen den Felsen, und der junge Mann legte sich nieder, aß etwas und fiel in ruhelosen Schlaf, in dem ihn verwirrende Schatten von nebelhaften Wesen zu necken schienen, die Hörner auf der Stirn trugen und verschwanden, sobald er sich bemühte, sie deutlicher zu sehen. Und am nächsten Morgen ging es weiter.

Gegen Mittag versperrte Geröll ihren Weg, und der alte Mann merkte an, es müsse einen Erdrutsch gegeben haben. »Wir haben doch den Esel«, erklärte der junge Mann verwundert. »Er ist stark und gesund, und es sollte ihm ein Leichtes sein, die Steine aus dem Weg zu ziehen.«

»Vielleicht wird es das«, sagte der Alte. »Und wenn du es wünschst, wird es so geschehen.« Der Esel zog und zerrte mit Hilfe eines Geschirrs aus Stricken, doch die Steine waren schwer und wollten sich nicht rühren. Da wurde der junge Mann zornig und hieb voll Ungeduld nach dem Tier. Und als sich die Steine daraufhin lösten, atmete er zufrieden auf. Jetzt konnte es weitergehen.

»Dort ist der Wald, der den Gipfel umgibt«, bedeutete ihm der Alte. »Dort wirst du auch das Einhorn sehen, wie du es dir immer gewünscht hast.«

Der junge Mann jubelte innerlich auf, und mit Riesenschritten legte er auch den restlichen Weg zurück. Der Alte folgte, und zuletzt kroch der Esel unter den Bäumen hindurch, bis sie auf eine Lichtung kamen. Sein Fell war rauh und stumpf geworden, die Seile, mit denen das Gepäck auf seinem

Rücken befestigt war, hatten sogar die Haut blutig und wund gescheuert. Seine Beine zitterten, die Zunge hing ihm aus dem Maul, und seine Rippen zeichneten sich deutlich unter dem zerschundenen Körper ab.

»Nein, eine Schönheit bis du wahrlich nicht«, lachte der junge Mann, als er ihn so heranwanken sah. »Und jetzt geh mir aus dem Weg, damit ich die Ankunft des Einhorns beobachten kann.«

Doch der Esel stand mit seinen zitternden Beinen und stierte ihn an, bis der junge Mann schließlich ärgerlich wurde und mit Steinen nach ihm warf. »Kannst du denn nicht dafür sorgen, daß das Vieh von hier verschwindet?« rief er über die Schulter dem alten Mann zu.

Als er keine Antwort erhielt, drehte er sich um. Der Alte war verschwunden.

»Nun gut«, knurrte er verärgert. »So hat er sich einfach davongemacht. Ich hoffe nur, das Einhorn erscheint wirklich, damit sich die ganze Mühe auch gelohnt hat.«

Die Sonne versank hinter den Bergen und tauchte die Gipfel in ein feuriges Licht, ehe die Nacht ihren hüllenden Schleier um die Waldlichtung senkte. Der Esel war auf den Boden niedergesunken, noch immer trug er die Last des Gepäckes. Der Mond ging auf, und Sterne erschienen, und immer noch war das Einhorn nicht gekommen. Schließlich war es Mitternacht.

Ein merkwürdiger Wind erhob sich aus den Bergen, und der junge Mann schauderte. Alles schien still, als ob selbst die Bäume und die Berge ringsum den Atem anhielten und warteten. Plötzlich fühlte der junge Mann eine große Einsamkeit, und er blickte auf den reglosen Esel hinunter, der nicht weit von ihm auf dem Boden lag. War er gestorben? Würde er das ganze Gepäck jetzt allein hinunterschleppen müssen?

Vom Körper des Esels löste sich ein Schatten, formte sich zu silbrigem Nebel. »Magie«, klang es in seinem Kopf, wie eine helle, fremdartige Stimme. »Wußtest du nicht, daß Einhörner Geschöpfe der Magie sind? Was wußtest du überhaupt?«

Der junge Mann rieb sich die Augen, doch er träumte nicht. Langsam, langsam lösten sich die Stricke, die das Gepäck auf dem Rücken des Esels hielten, und das Tier stand auf, fing an, zu zerfließen. Seine Konturen verschwammen in der Nacht, sein Fell wurde hell und milchweiß wie die Sterne, seine Augen waren der Nachthimmel selbst, seine Gestalt die eines großes Pferdes, und auf der Stirn – auf der Stirn ließ sich ein gedrehtes Horn erahnen, ein Schimmer von Perlmutt und Alabaster, wie Schaum aus dem Meer oder Sommerwolken.

»Du hast mich gesucht«, raunte das Geschöpf, »doch du warst unfähig, mich zu erkennen. Du hieltest mich für einen Esel, und du behandeltest mich so, wie du glaubtest, daß es einem Esel gebührte. Du gönntest mir weder Ruhe noch Rast, du ließest mich schwere Lasten schleppen. Nie hast du es für nötig gehalten, dich davon zu überzeugen, ob ich genügend Futter bekam, du dachtest nur an dein eigenes Essen. Ich mußte Steine ziehen und dir zu Willen sein, und dafür hast du mich beschimpft und geschlagen und mich mit Steinen beworfen. Du hast mich wie ein Werkzeug benutzt, und du hast überhaupt nichts verstanden. Das, was du jetzt vor dir siehst, ist nur ein Schatten dessen, was ich bin. Denn mich wirst du niemals sehen. Du hast dich selber blind gemacht.«

Der junge Mann schluckte und starrte in die Nacht. »Aber es war doch nur ein Esel«, stammelte er. »Wie hätte ich denn wissen können...«

»Ich bin nur ein Esel«, flüsterte die Stimme. »Ich bin, was immer ich sein will und werde. Ich bin sogar ein Teil von dir. Doch du wirst immer nur Teilchen sehen und niemals das Ganze. Niemals mich selbst. Leb wohl, denn ich bedaure dich.«

Die Stimme verschwand, und mit ihr der Körper des Esels. Der junge Mann blieb allein zurück auf der Lichtung im Wald, inmitten seines verstreuten Gepäckes, und lauschte dem Wind, bis dieser erstarb.

Und die Berge schwiegen wie seit uralter Zeit.

HERDECKE VON RENTELN

DAS LIEBSTE
EINE ERINNERUNG AUS DEM JAHR 1938

Sie war eine ganz einfache Frau. Sie lachte und schimpfte, ermahnte und tröstete, streichelte und teilte Ohrfeigen aus. Sie stand am Spülstein, am Herd, saß an der Nähmaschine, und abends, wenn der Vater von der Arbeit kam, setzte sie das warme Essen auf den Tisch.

Ihre sechs Kinder waren wie andere Kinder auch, die schon früh lernen mußten, sich selbst zu helfen. Wenn es einmal etwas Gutes gab, wurde es durch sechs geteilt, und wenn es knapp herging, gab es für alle nur einen Teller Suppe.

Dann kam das siebente Kind. Es lag im sauber ausgeschlagenen Wäschekorb in der großen Wohnküche, und das Familienleben ging rundherum weiter wie immer. Man machte nicht viel Wesens darum. Die Frau gab ihm die Flasche und legte es trocken. Wenn es etwas Gutes gab, wurde es immer noch durch sechs geteilt, denn das Kleinste verstand es ja noch nicht.

Als es über vier Monate alt war, bemerkte die Mutter, daß es nicht so gedieh wie die anderen Kinder. Das Körperchen war gesund, ihm war nichts anzumerken, aber die Augen blieben verschwommen und ausdruckslos. Meistens lag es ganz still da, griff nach nichts und spielte nicht. Es versuchte auch nicht sich aufzurichten. Es lachte nicht und schrie nur selten. Es lag nur so da. Wenn die Frau jetzt Kartoffeln schälte oder Strümpfe stopfte, setzte sie sich neben den Kinderkorb und beobachtete besorgt das Kleinste.

Als es drei Jahre alt geworden war, konnte es noch nicht richtig laufen. Der Kopf war im Verhältnis zum Körper viel zu schwer. Es machte nicht einmal den Versuch, zu sprechen. Wenn es etwas Gutes gab, wurde jetzt durch sieben geteilt. Die Geschwister nahmen das Kleine auf den Schoß und fütterten es mit Kuchen und Pudding.

Dann kam eines Tages die NSV-Schwester und erklärte der Mutter, wie gut solche Kinder in Heimen und Anstalten aufgehoben seien. Sie erzählte, wie man dort die Kinder pflege und ihnen etwas beibringen könne.

Aber die Mutter sagte: »Nein, es ist doch unser Kleinstes und hat hier alles, was es braucht.«

Die Schwester kam wieder und erklärte geduldig, wie vielen Gefahren ein solches Kind in der Umgebung gesunder Menschen ausgesetzt sei, ja und wie es auch andere gefährden könne. Aber die Mutter sagte: »Nein, wir passen schon auf das Kleine auf.«

Und die Schwester kam wieder und sagte, die Mutter mache sich ja kaputt neben all den anderen Kindern mit der Pflege des Kleinsten. »Aber es ist doch mein Liebstes, gerade deshalb«, sagte die Mutter leise, und die Schwester ging.

Doch die Schwester kam wieder und wieder und wieder. Als das Kleine schon fünf Jahre alt geworden war, brachte sie ein amtliches Schreiben mit, das besagte: Solche Kinder sind aus den Familien zu entfernen und in Anstalten unterzubringen.

Dann ging alles sehr schnell. Untersuchungen, Stempel, Unterschrift. Es war noch eine zweite Schwester dabei, und sie trugen das Kleinste in ein unauffälliges Auto und fuhren ab.

Die Frau stand versteinert, wie betäubt auf der Schwelle. Als ihr die Tränen in die Augen stiegen, war das Auto schon um die Ecke gebogen.

Das alles war noch nicht ein Jahr her, als sie ein kleines Päckchen für das Kind machte, denn besuchen durfte sie es immer noch nicht. Da kam der Brief: »... und teilen Ihnen mit, daß Ihr Kind an den Folgen einer Lungenentzündung gestorben ist...«, Stempel, Unterschrift. »Aber es war doch unser Liebstes«, flüsterte sie leise.

Sie war eine ganz einfache Frau.

THEO SCHMICH

DIE TANNE VOR MEINEM HAUS

Ich sah eine winzige Tanne im Wald, kaum aus der Erde, zwei Hände hoch, auf einer Lichtung, von großen, alten Tannen am Rande der Lichtung beschützt. Sonne fiel durch die Wipfel der alten Tannen, wurde zu Strahlen gebrochen. Einer der Strahlen reichte von den Wipfeln zu der kleinen Tanne am Boden – die alten Tannen grüßten den Sprößling. Es war friedlich und still auf der Lichtung im Wald.

Ich habe einen Garten vor meinem Haus in der Stadt. Auch da scheint die Sonne. Ich schob meine Hände in den lockeren Boden um die winzige Tanne, grub sie vorsichtig aus, trug sie nach Hause, um eine Erinnerung zu haben an den Wald, an den sonnigen Tag. Ich pflanzte die Tanne in den Garten vor meinem Haus.

Die Tanne wuchs, war nach drei Jahren ein ansehnliches Bäumchen. Wenn ich sie sah, dachte ich an die Lichtung, an den Tag im Wald. Meine Tanne, das war der Wald, mein Garten die Lichtung.

Ich pflegte den Baum. Ich sorgte für Wasser, wenn die Erde zu trocken wurde. Zwar glänzten seine Nadeln nicht so wie im Wald. Und manchmal war des Morgens einer seiner Zweige geknickt. Vorsichtig brach ich den Zweig ab, strich mit der Hand über den Teil, der dem Baum blieb. Auch im Wald gab es Stürme. Aber da kümmerte sich niemand um meinen Baum. Ich fand, er habe es gut im Garten vor meinem Haus.

Und doch hörte ich eines Nachts, wie er um Hilfe rief. Sein Rufen drang in meinen Schlaf, machte mich wach. Als ich wach lag, hörte ich nichts. Das geschah öfter, ein paar Nächte lang: Ich schlief, hörte den hilferufenden Baum, wurde wach, alles blieb still. Ich ging in den Garten hinunter, legte mich zum Schlafen unter den Baum. Vielleicht, so dachte ich, vielleicht träumt ein Baum. Und ich verstehe ihn, wenn ich schlafe wie er. Ich schlief ein unter dem Baum. Ich wurde wach, als ein Hund uns naß machte. Doch ich schlief wieder ein. Jemand warf eine Flasche nach uns. Ich wurde wach.

Mit glasigen Augen starrte uns ein Betrunkener an, als wolle er den Baum aus der Erde reißen. Als er mich sah, schlich er davon. Die Flasche hatte mich nicht getroffen, aber den Baum. Die Rinde an seinem Stamm war aufgeschürft. Ich schlief, der Baum rief um Hilfe. Sein Rufen weckte mich nicht, es gehörte zu meinem Schlaf. Doch dieses näherkommende Donnern und Rütteln – ich wurde wach. Ein Auto raste durch unsere Straße, ein lärmender, tosender Spuk, durch die Nacht – frei von allem Gesetz. Es sah aus, als ziele das Auto auf mich, auf den Baum, auf den Garten. Es schoß vorüber, verschwand heulend am Ende der Straße. Das Geräusch ebbte ab, Papierfetzen, hochgewirbelt von dem tobenden Spuk, sanken herunter. Einer der Fetzen hing wie eine Narrenkappe am Wipfel der Tanne. Ich befreite den Baum von der Kappe, strich besänftigend über die Zweige.

Später in der Nacht kam dann ein Wind auf, ein kräftiger, wirbelnder Wind. Er hob allen Schmutz des Tages von der Straße hoch in die Luft und warf ihn von dort in meinen Garten. Im Licht der Laternen sah ich, wie glitzernder Staub auf meine Tanne herniederrieselte, als ob es regne. Doch das war kein Regen, das war Staub, das war Schmutz von der Straße.

Am Morgen darauf grub ich den Baum aus der Erde und trug ihn zurück in den Wald.

SUSE SCHNEIDER-KLEINHEINZ

DER ZAHNBEISSER

Er sei in guter Kinderstube fröhlich aufgewachsen, erzählte er jedem, der es glauben wollte, und wiederholte es den Zweiflern mit Nachdruck und strengem Blick. Danach pflegte er das Kinn nach vorn zu schieben und die Lippen nach innen zu ziehen, so daß von seinem wohlgeformten Mund nur noch ein waagrechter Strich übrigblieb.

Er hatte Bildhauer werden wollen und hatte wohl auch das Zeug dazu, aber die Eltern überredeten ihn, den Betrieb zu übernehmen, der seit dreihundert Jahren im Familienbesitz war.

Die Ausbildung paßte ihm nicht. Auch paßte ihm nicht, daß die Mutter seinen Verzicht auf den Traumberuf als rühmenswertes Beispiel pries. Da nahm ihn der Vater beiseite: »Meinst du, mir passe alles? Beiß die Zähne zusammen, das hilft dir durchs Leben.«

Er biß die Zähne zusammen, wurde Meister, hatte Erfolg und Ansehen, wurde Ehemann und hatte Kinder.

Er biß die Zähne zusammen beim Autolenken, drängender Terminarbeit und körperlichem Schuften, bei musischem Bemühen, beim Gespräch in geselliger Runde und beim Lesen im Lehnstuhl. Mußte er irgendwo warten, merkte er erst an den Blicken der andern, daß er laut mit den Zähnen knirschte, und er spürte, daß sein Kiefer schmerzte. Zur Linderung schob er Speichel durch den Mund, was ihm wiederum böse Blicke einbrachte. Man rückte von ihm ab. Seine Frau sagte »Spucke rollen« dazu und schalt ihn. Der Älteste, der ihn schon »alter Herr« nannte, riet ihm: »Mach dir nichts daraus. Spucke rollen ist Ersatz für Streicheleinheiten« und klopfte ihm kameradschaftlich auf die Schulter.

Selbst beim Einschlafen – er lag am liebsten lang ausgestreckt auf dem Rücken (»Vorübung für den Sarg« scherzte er, wenn die Rede darauf kam) – saugte er den Speichel hinter die Zähne und preßte sie dicht zusammen, um ein Aufklaffen des Mundes im Schlaf zu vermeiden, denn

es kam vor, daß er dann schnarchte, und das machte seine Frau wütend. Einmal, als sie ihn so daliegen sah, rief sie: »Was machst du für ein häßliches Gesicht!« Da drehte er sich auf die Seite, zog die Decke bis über die Nase und gewöhnte sich an diese Lage.

»Beiß die Zähne zusammen, das hilft dir durchs Leben.«

Als er ein Gebiß hatte, fiel ihm ab und zu ein Zahn heraus.

Ob er denn eine Abneigung gegen die dritten Zähne habe, fragte der Zahnarzt. Er verneinte heftig, gefielen ihm doch die neuen viel besser als seine alten, die krumm und fleckig geworden waren. Dann solle er sich beobachten und den Grund dafür finden. Er erinnerte sich, daß er jeden Morgen beim Aufstehen, wenn er mit Schwung die Bettdecke zurückwarf, laut die Backenzähne aufeinanderschlug. Das sollte er wohl bleiben lassen.

Er ließ es bleiben. Das heißt, er legte die Zunge als Polster dazwischen. Das half zunächst.

»Beiß die Zähne zusammen, das hilft dir durchs Leben.«

Die Ränder der Zunge fransten aus. Er mochte weder essen noch reden. Er saß im Lehnstuhl und nahm nur noch beobachtend teil an dem, was um ihn herum vorging.

»Hast du wieder Schmerzen?« fragte seine Frau, wenn sie die harten, dünnen Lippen in seinem Gesicht sah. »Laß locker.« Er konnte die brennende Zunge nur aushalten, wenn er auf die Zähne biß.

»Er wird immer weniger« sagte sie zu Nachbarn, die sich nach ihm erkundigten.

Jeder der drei Söhne sicherte sich das Erbteil. Als abzusehen war, daß er wohl nicht mehr lang werde gehen können, half ihm der Jüngste zum Zahnarzt, daß das Gold vom Gebiß genommen werde, denn der Vater hatte einst in einer Silvesterlaune versprochen: »Und dir, Nestkegel, vererbe ich meine Zähne. Sie sind das Wichtigste, was man im Leben braucht.«

Aber sie waren tief in den Kiefer gerammt.

HEINRICH SCHRÖTER

DIE TRAUMFRAU

Ich stand an einem herrlichen Sommertag auf einem Taunusberg vor meiner Staffelei. Die Sonne triumphierte im blendenden Himmelsblau, die bewaldeten Höhen am Horizont schimmerten im hellen Dunstschleier, die Stadt im Tal hielt Mittagsruh.
Jeder Halm trug Blüte oder Frucht. Die Ähren neigten sich zur Erde und bebten still, als ahnten sie der Sichel Schnitt. Am Wegrand prangte grellroter Mohn, darüber schwebten zwei liebestrunkene Schmetterlinge.
Ich versuchte, diesen Sommer zu malen – und erschrak: Ein goldener Schatten verklärte mein Bild. Es war der Glanzschein einer Frau, einer Frau so reif wie der Sommer und so zauberhaft wie er.
»Laß mich das Begonnene vollenden«, lockte sie, nahm Pinsel und Palette und malte in den Weg nahe dem roten Mohn ein Menschenpaar.
Ein Menschenpaar? Sie malte sich und mich: armumfangen und wangenvereint.
Ein Sommertagstraum.

BETTINA STERNBERG

DIE LIEBE DER WÖLFIN

Freitagnacht. Vollmond.
Etwas – ganz tief drinnen – tat weh, schrie auf.
Die Freiheit war so nah!
Genußvoll leckte sie sich die Lefzen in Gedanken an das wunderbare Fest, das ihre Sinne benebeln und ihr Blut zum Kochen bringen würde in den kommenden Stunden, in denen das Sonnenlicht längst der schwarzen, alle Not verschlingenden Nacht gewichen war.
Fast zärtlich putzte sie ihr Fell. Wie goldener Samt schimmerte es im gedämpften Licht des Mondes, der soeben hinter einer Wolke verschwunden war. Ungestüme Wildheit und grenzenlose Lust, aber auch ein Ausdruck tiefer, kindlicher Freude leuchteten aus ihren grauen Augen.
Müde quälte sich die Kirchturmuhr von Minute zu Minute, bis sie endlich die nahe Mitternacht ankündigte. Tandra atmete tief durch. Nun konnte sie ihr Gefängnis verlassen.
Die anderen würden bereits auf sie warten – jede am gewohnten Ort.
Ein sehnsuchtsvoller, glücklicher Seufzer drohte ihrer Brust zu entschlüpfen, als sie auf leisen, geschmeidigen Pfoten aus ihrem Bau schlich. Draußen blieb sie stehen, spürte, wie die Berührung mit der kühlen, feuchten Luft auf der Stelle ihre eingesperrte Seele erlöste und ihrem Körper wildes Leben einhauchte. Schnuppernd, witternd, hielt sie die Nase in den Wind, die Augen gebannt auf den Mond gerichtet, dessen Strahlen ihr diese geheimnisvolle Magie verliehen. Er würde sie auch heute begleiten auf ihrem Streifzug durch die Welt, die denen, die anders waren, stets verborgen bleiben würde. Denen, die menschlich empfanden. Denen, die die Zivilisation längst verschluckt und blind gemacht hatte.
Kraftvoll, die Spannung in jedem Muskel, jede Faser ihres Körpers spürend, setzte sie sich wieder in Bewegung.

Florinda lag lauernd im Eingang des Altwarenladens, der längst geschlossen worden war, Leona kroch am Rande des Parks aus dem Schatten eines Busches, und Oktavia, die Jüngste, sprang freudig vom Dach eines abgestellten Wagens, lief voraus, rief auf zur Hatz, zur herrlichen Jagd, deren Genüsse sie alle so schmerzlich vermißt hatten. Laufen, springen, beinahe fliegen durch die klare, kalte Nacht mit ihren tausend Düften. Auf lautlosen Sohlen, schnell wie der Wind. Vogelfrei, nur gejagt von der eigenen Sehnsucht.

Auf, auf in den Wald und hin zur Lichtung, die so anheimelnd und gleichzeitig so aufregend erschien, wenn sie sich matt aus der Dunkelheit hervorhob. Diese Freude, die beinahe schmerzte, wuchs mit jedem Satz, der sie dem kleinen verborgenen Ort näherbrachte.

Als sie den Waldrand erreicht hatten, schlich sich jedoch erneut das bekannte Bangen, die leise Skepsis ein.

Würden sie alle da sein?

Was erwartete sie in den kommenden Stunden?

Ein Blick in Florindas Augen zeigte ihr, daß diese nicht weniger unruhig war in Gedanken an die Begegnung mit den anderen, an den bevorstehenden Empfang.

Mit stechenden Lungen, den Herzschlag in der Kehle spürend, erreichten sie die Lichtung, blieben an ihrem Rande im Halbdunkel stehen. Tandra, die Älteste, vorn. Die drei Jüngeren blieben einen Schritt hinter ihr zurück.

So verharrten sie bewegungslos. Abwartend, abschätzend. Lauernd. Die Köpfe stolz erhoben, den Blick aus großen, wachen Augen fest auf das Rudel geheftet, das sich bereits auf der Lichtung versammelt hatte.

Da waren sie also. Die Verbündeten. Die Verschworenen. Die Außenseiter. Die, die Tandra gefunden hatte, als ihre Sehnsucht – sie wußte nicht, wonach – so übermächtig gewesen war, daß sie sie hinaus in die Dunkelheit getrieben hatte.

Eine leichte Brise ließ die Blätter der umliegenden Bäume aufrauschen und blähte leicht das Fell der Weibchen. Anmutig und majestätisch sahen sie aus unter dem blaßgelben Schein des Mondes.

Durch einen kaum vernehmbaren Laut bedeutete sie ihren Begleiterinnen, daß es nun an der Zeit war, auf die Gruppe zuzutreten. Zöger-

ten sie nur eine Sekunde zu lange, so würden die Männchen die Unsicherheit spüren, die hinter dem dargebotenen Stolz und der Stärke noch immer lauerte. Denn selbst wenn sie bereits unzählige Nächte mit dem Rudel verbracht hatten – sie konnten jederzeit wieder verstoßen werden.

Die Schritte auf die Meute zu, die Überquerung der freien Rasenfläche, der Abschußlinie, hatten sie leichtfüßig hinter sich gebracht. Die Weibchen bemühten sich, ihre Erleichterung zu verbergen. Nichts hatte sich verändert. Sie wurden in den Kreis aufgenommen und empfangen mit freundschaftlichen Pfotenhieben oder einem sanften Stubs auf die Schnauze. Einige der Rüden jedoch, besonders die jungen, heuchelten Desinteresse, indem sie den Neuankömmlingen ihr Hinterteil zukehrten. Vermeintlich stolz, jedoch unsicher und verwirrt ob der Schönheit und der Grazie der Weibchen.

Aufmerksamkeit heischend, erwiderte Tandra jede freundschaftliche Geste, doch ihr Blick huschte unstet durch die Menge, tastete sie ab, suchte nach Berko, dem Rudelältesten, dem Anführer. Sie blickte in unzählige Augen, sah so viele Gesichter, aber die Züge Berkos, die sie so liebte, die sie sich in allen Einzelheiten eingeprägt hatte in den gemeinsamen, wilden Nächten, blieben unsichtbar.

Pako, einer der Alten, trat auf sie zu. Pako war gefährlich. Der Verlauf seines Lebens hatte ihn verbittert und bösartig werden lassen. Er haßte es, wenn er Liebe sah, und das Glück seiner Artgenossen schien er im Keim ersticken zu müssen. Die Freundlichkeit und die scheinbar ehrliche Zuneigung, die er Tandra heute entgegenbrachte, verwirrte sie deshalb um so mehr. Ihr feiner Instinkt und die teils belustigten, teils mitfühlenden Blicke der anderen hatten ihr längst signalisiert, daß etwas geschehen sein mußte. Etwas war anders in dieser Nacht...

Die Umstehenden zurücklassend, bahnte sie sich einen Weg durch die Meute, gefolgt von Florinda, der Freundin, der Seelenverwandten. Tandra bemühte sich, das Zittern ihrer Lefzen unter Kontrolle zu halten und das unruhige Flackern in den Augen auf der Suche nach Berko und nach der Antwort auf all die Fragen, die ihre Nerven beben ließen.

Florinda entdeckte es zuerst, stieß einen knurrenden Laut des Unmuts aus.

Und dann sah sie sie auch. Berko. Und die Neue. Jung, aber sich ihrer Schönheit bewußt. Kalte Augen, die Unschuld heuchelten. Sie hockte neben ihm und sah Tandra herausfordernd an. Wie ein Messerstich fuhr der Schmerz in deren Herz, in ihren Magen, als sie beobachten mußte, wie die kleine, rosa Zunge der Neuen zärtlich über Berkos Ohren und Schnauze fuhr. Ihr wurde übel, als sie erkannte, wie sehr dieser die Liebkosungen genoß.

Herrgott, wer war sie? Wie konnte sie sich erdreisten, den Weg zur Lichtung zu finden, vor ihr dort zu sein und ihren Platz, den Platz neben Berko, einzunehmen? Der wehmütige, quälende Schmerz, den Tandra soeben noch verspürt hatte, wich einer unsagbaren Wut, die die Muskeln spannte, die Nasenflügel blähte. Langsam, wie durch einen unsichtbaren Magneten zurückgehalten, schritt sie auf das Paar zu. Sie schien bersten zu müssen vor Kraft, die hinaus wollte, um zu zerstören. Aber das war Tandra nicht erlaubt. Nur die ganz Jungen, Ungestümen durften ohne Umschweife übereinander herfallen und sich zerfleischen. Bei ihr duldete das Rudel keinen kurzen Prozeß. Es verlangte eine Show.

Man hatte bereits voller Spannung Tandras Eintreffen auf der Lichtung erwartet, hatte mit einer Mischung aus Schadenfreude, Sensationslust und Mitgefühl die Neue an Berkos Seite registriert. Nun bildete sich ein Kreis um den Anführer und dessen Begleiterin, der nur einen schmalen Zugang offenließ – den Zugang für Tandra. Die Bedrohte, die Drohende. Die, die diesen Kreis als Siegerin oder als Verstoßene wieder verlassen würde.

Um Beherrschung bemüht, majestätisch und stolz schritt sie voran, drückte die Gelenke voll durch, so daß ihre Läufe einen leichten Bogen nach hinten beschrieben. Langsam rollte sie die Pfoten ab, fühlte unter ihnen den Boden vibrieren ob der Spannung, der Blutlust der anderen, die die Atmosphäre der kleinen Lichtung aufheizte. Den Blick hatte sie fest auf Berko gerichtet, der sich nun erhob und drei Schritte hinter die Junge zurückwich, um den Platz freizugeben für die unumgängliche Auseinandersetzung. Er würde nicht einschreiten, würde weder der Neuen, die er in diese Situation gebracht hatte, noch der, deren Platz bisher an seiner Seite gewesen war, zu Hilfe eilen. Er würde der Unterlegenen nicht die blutenden Wunden lecken – er würde sie verstoßen und seine Gunst der Siegerin, der Stärkeren zukommen lassen. Haß loderte in Tandras Pupillen auf, bevor sie sich von seinen Augen löste, um den Blick drohend auf die Neue zu richten. Diese hielt ihm stand, weit davon entfernt, Unterwerfung zu signalisieren, indem sie den Kopf senkte oder an der Älteren vorbeisah. Fest hatte sie die Läufe ins Gras gestemmt, ihre Schultern waren nach vorn, auf Angriff, geneigt. Tandra hatte die Jüngere nun erreicht. Deren Verhalten verblüffte sie zwar, doch sie konnte die Angst, die sich hinter der starken Fassade verbarg, deutlich riechen. Das beruhigte, das war ihr Vorteil. Die Angst. Sie würde die Muskeln und Krallen der Kleinen lähmen.

Minutenlang standen sich die Weibchen regungslos gegenüber unter dem eiskalten Schein des Mondlichts, das die Szenerie erhellte wie eine Bühne, auf der die Zuschauer in wenigen Augenblicken die Sensation, das nie zuvor Gesehene, erwarteten.

Tandra wußte plötzlich, was die merkwürdige Unruhe auslöste, die sie jedesmal aufs Neue kurz vor Erreichen des Waldes befiel. Es war die Ahnung, daß ihr auf der Lichtung nicht nur Freundschaft und Wohlwollen begegnen würden, sondern daß auch hier Herausforderungen und Gefahren lauern konnten, denen sie sich stellen mußte. Sie ganz allein. Eines Nachts. Und diese Nacht war die heutige.

Sie horchte in sich hinein, um festzustellen, ob sie ihrerseits Furcht verspürte. Aber nein, da war keine Furcht. Da war so viel Aggression, so viel Wut, so viel Haß auf die, die sie verletzt hatten, daß für derartig minderwertige Gefühle kein Platz blieb. Ihre funkelnden Augen bohrten sich in die der Herausforderin, studierten sie, prägten sie sich ein. Sie hatte einzigartige Pupillen. Tiefschwarz mit grünen, fast phosphoreszierenden Punkten. Sie war ohnehin zu schön und zu jung, um zu sterben. Tandra wünschte, die Kleine ginge dem Kampf noch rechtzeitig aus dem Wege. Andernfalls würde sie sie möglicherweise töten. Und sie wollte nicht töten. Noch nicht. Nicht, bevor sie ihr eigenes Blut roch, bevor sie die Wunden spürte, die ihr von der anderen zugefügt worden waren.

Sie unterdrückte den leisesten Anflug eines Zweifels an ihrer eigenen Stärke, verbannte ihn aus ihren Augen, unmittelbar nachdem er darin aufgetaucht war. Die Jüngere würde ihn sonst registrieren, und das hätte ihr zusätzliche Stärke verliehen.

INun drohten Tandras Augen erneut, sprachen eine ernste Warnung aus.

Verschwinde! Noch ist Zeit. Das hier ist nichts für dich.

Ganz nah war ihre Schnauze der der anderen, sie konnte den jungen, frischen Atem riechen, das wilde Leben, das diesen unverbrauchten Körper erfüllte, und die Lust – die naive Lust auf den Stärksten des Rudels – auf Berko.

Ein leises, wütendes Zischen entrang sich Tandras Maul, sie bewegte sich autlos und schnell einen Schritt nach vorn, um die letzte Distanz, die sie noch von der Jungen trennte, hinter sich zu lassen.

Die wich zwar erschrocken zur Seite, versuchte dabei jedoch, nach Tandra zu schnappen. Nun war der Kampf beinahe unumgänglich geworden.

Eine leichte Unruhe zog durch den Kreis der Umstehenden, der Blutrünstigen, als die Pfote der Älteren die Junge seitlich am Kopf erwischte. Hau ab... sollte das heißen. Zieh den Schwanz ein und lauf, lauf so schnell du kannst. Die letzte Warnung, die Tandra noch möglich war, ohne ihren eigenen Stolz zu untergraben.

Die Junge nahm sie nicht an. Sie war Tandras Schlag ausgewichen, hatte sich geduckt, den Kopf auf die Schultern gezogen. Aus dieser Stellung heraus funkelte sie die Gegnerin böse an. Ihre Nackenhaare sträubten sich, sie zog die Lefzen hoch, die Muskeln spannten sich unter der straffen Haut, dem schwarzglänzenden Fell.

Tandra wurde klar, wie sehr ihr Geliebter diesen schönen Körper begehren mußte. Und dieser Gedanke ließ sie springen, der Rivalin ihre spitzen Zähne in den Nacken schlagen. Sie spürte den Geschmack des warmen, köstlichen Blutes auf der Zunge, während die Junge mit einem wütenden Schrei zu Boden ging.

Sofort war sie über ihr, die Läufe rechts und links des schlanken Körpers fest auf den Boden gestemmt. Knurrend, fauchend fixierte sie ihr Opfer, besudelte dessen Fell mit zähem Geifer. Ein leichter Anflug von Spott blitzte in ihren Augen auf.

Die Junge strömte nun den scharfen Geruch der Panik aus. Verzweifelt bemühte sie sich, wieder auf die Beine zu gelangen, schnappte dabei ziellos nach der über ihr Lauernden, doch ihre kleinen, spitzen Zähne verursachten lediglich ein leichtes Zwicken in deren Fell. Ihr Kampf schien bereits verloren.

Dann jedoch konnte Tandra beobachten, wie sich eine Woge von Kraft durch den Körper der am Boden Liegenden zog, ihn straffte, aufbäumte. Plötzlich war sie wieder da, sprang hoch, stieß dabei die Gegnerin ungestüm von sich, um nun ihrerseits über sie herzufallen. Bald bildeten die schlanken Leiber der Weibchen ein unentwirrbares Knäuel, das sich über die Lichtung wälzte. Kratzend, beißend, schlagend. Gurgelnde, kehlige Laute, die sich auswuchsen in Schreie der Wut und des Hasses, hallten über die Lichtung, erfüllten den Wald.

Tandra spürte, daß die Junge sie verletzt hatte, spürte deren ungebremste Kraft, die Unermüdlichkeit des grazilen Körpers und fühlte ihre eigene Energie schwinden. Sollte es möglich sein, daß die andere ihr tatsächlich eine ebenbürtige Gegnerin war und am Ende als Siegerin aus diesem Kampf hervorging? Dem Rudel wäre es gleichgültig. Der einzelne zählte hier nicht, nicht wirklich. Auch wenn Tandra bisher größten Respekt und allgemeine Beliebtheit genoß – verlor sie den Kampf, würde das Rudel sie gemeinsam aus dem Wald vertreiben. Hetzen, prügeln, treten und euphorisch den Sieg der Neuen feiern. Hier unterschied sie nichts von den Menschen.

Tandras Schläfen pochten, rote Nebelschwaden verschleierten ihren Blick. Mühevoll versuchte sie die Gedanken, die sie so verwirrten und ihr die lebenswichtige Konzentration zu nehmen schienen, aus ihrem Hirn zu verdrängen. Klaren Kopfes mußte sie sein. Hellwach und gescheit.

Ein kaum hörbarer Laut, der aus den Reihen der Umstehenden zu den Weibchen drang, lenkte nun die Aufmerksamkeit der jungen Herausforderin ab, irritierte sie. Sie hob den Kopf, um in die Richtung zu blicken, aus der das Geräusch erklungen war. Somit präsentierte sie Tandra in ihrer Unerfahrenheit den verwundbarsten Teil ihres Körpers. Diese spürte die pochende Halsschlagader der Jungen – ganz dicht am Maul. Verlockend nah. Nun war es beinahe zu einfach. Den Sieg bereits vor Augen wurde sie erfaßt von einer Woge der Euphorie. Gebannt starrte sie auf den langen, schlanken Hals, auf das weiche, samtene Fell, unter dem das Leben pochte.

Warte nicht länger..., töte sie, bevor du von ihr getötet wirst..., hämmer-
te es in Tandras Hirn, doch sie fühlte sich plötzlich wie gelähmt, stellte
mit Entsetzen fest, daß sie noch immer tatenlos auf den Hals der anderen
starrte. Es waren nur Bruchteile von Sekunden verstrichen, seit diese den
Kopf gehoben hatte. Tandra jedoch erschien es wie eine Ewigkeit.
Minuten, Stunden, Tage, in denen ihr Geist zwar wach, ihr Körper jedoch
in Bewegungslosigkeit gefangen war.
Gib ihr keine Chance..., warnte ihr Instinkt, läßt du sie heute laufen, wird
sie in der nächsten Vollmondnacht wieder hier sein...
Und dann endlich erwachte sie. Riß das zarte Fleisch der Jungen in Fetzen,
rollte sich unter ihr hinweg, um dem Schwall des Blutes, der auf sie
herabschoß, auszuweichen, war bemüht, aufrecht zu stehen, schwankte
leicht. Erst jetzt spürte sie die ungeahnte Schwäche, die längst von ihrem
Körper Besitz ergriffen hatte, spürte den Schmerz im Vorderlauf, an dem
geronnenes Blut klebte. Sie bezwang ihn und blickte auf die Sterbende,
die ihren Tod so sehr herausgefordert hatte. Dann wandte sie sich ab,
angewidert in Betracht der Tatsache, daß sie selbst es war, die sie hatte
töten müssen.
Sie, die Starke. Die noch immer Unbesiegbare. Die Wölfin.
Die helle Lichtung war nun zum Schauplatz ihres Triumphes geworden.
Hoch erhobenen Hauptes, den Wind im Fell und mit glühenden Augen
genoß sie die Blicke des Rudels, die auf ihr ruhten und die Ehrfurcht
widerspiegelten. Dann bedeutete sie den beiden Jüngsten, die beinahe
verängstigt eng aneinandergeschmiegt am Rande des Geschehens hock-
ten, den Kadaver der Ruhestörerin aus ihren Augen zu schaffen. Während
die zwei den zarten, leblosen Körper in ein nahegelegenes Gebüsch
zerrten, traten Oktavia und Leona auf die Siegerin zu, unterwürfig auf
den Hinterläufen kriechend, hündische Bewunderung im Blick. Tandra
schenkte ihnen keinerlei Beachtung, schaute erneut in die noch immer
starre Runde um sie herum.
Schemenhaft schälte sich nun eine Gestalt aus dem Halbkreis heraus, die
Umrisse eines großen, kräftigen Körpers hoben sich schwarz vom grauen
Hintergrund des Himmels ab. Berko hatte sich aus der Gruppe gelöst.
Langsam schritt er auf Tandra zu, während die anderen regungslos auf
ihrem Platz ausharrten. Sie alle kannten das Ritual.

Oktavia und Leona zogen sich sofort zurück, huschten rasch und lautlos an den Rand der Lichtung, verbargen sich dort im Halbdunkel, um mit sehnsuchtsvollen, brennenden Augen das nun folgende Schauspiel in sich aufzunehmen.

Als der Rudelälteste Tandra erreicht hatte, schlug ihr der beißende Geruch seiner Erregung entgegen. Er schien ihr Fauchen, das seine Autorität untergrub, nicht zu registrieren, indem er sich erneut in Bewegung setzte und einen Kreis um sie herum beschrieb, der immer enger wurde. Selbstgefälligkeit und eine leichte Belustigung lagen in seinem Blick.

Tandra knurrte. Warnend. Komm mir jetzt nicht zu nah. Als seine Schnauze sich schnuppernd ihrem Hinterteil näherte, sprang sie nach vorn, schrie wütend auf, als ihr verletzter Vorderlauf dabei nachgab und sie zu Boden zwang.

Mit einem Satz war er über ihr, drang in sie ein. Sie fauchte, geiferte, bäumte sich unter ihm auf, um ihn abzuschütteln. Sie schnappte nach seinen Lefzen, die sanft über ihren Nacken fuhren, darum bemüht, den Kopf weiterhin Herrscher über ihren Körper sein zu lassen. Das verzweifelte Toben des Weibchens unter ihm schien Berkos Erregung jedoch nur zu steigern, er ließ nicht nach, nahm sie kompromißlos und brutal, um damit ihren letzten Widerstand zu brechen.

Tandra wußte, daß sie sich erneut in einem Kampf befand und daß sie diesen Kampf nicht gewinnen würde. Die Erregung, die unermeßliche Lust, die Liebe zu ihm drohten die Oberhand über ihre Gefühle zu gewinnen, ließen ihren Protest bereits erlahmen. Noch bezwang sie sich, versuchte, das, was er mit ihr tat, in Gleichgültigkeit hinzunehmen, die heißen Wogen der Erregung, die durch ihren Körper zogen, zu ignorieren. Doch dann gab sie auf, kapitulierte vor dem Wahnsinn, den er und seine Bewegungen in ihr auslösten, gab sich ihm hin mit allen Sinnen, die sie besaß. Weil sie es so liebte. Weil sie es so hemmungslos und ohne Vorbehalte liebte, wie Tiere es nun einmal taten. Und sie war ein Tier. Sie war nichts weiter als ein Element dieser göttlichen, allumfassenden Natur, mit der sie verschmolz und der sie Hochachtung zollte durch ihren Akt mit Berko – den Körper ins kühle, feuchte Gras gepreßt, den herrlichen Duft des Waldes mit jedem keuchenden Atemzug tief in die

Lungen aufnehmend. Sie war Natur, weil sie lebte, wirklich lebte und nur noch aus Gefühlen bestand – ohne Grenzen, ohne Schranken.

Sie hob den Kopf, blickte mit glühenden Augen in den Mond, und ein tiefes, wildes Heulen entrang sich ihrer Kehle, als er sich über ihr aufbäumte und seine Krallen in ihr Fleisch schlug.

Nachdem er befriedigt von ihr abgelassen hatte, löste sich der Kreis um sie herum, wurde zu einem Gewimmel reger Körper. Das soeben Gesehene hatte die Lust der Wölfe geweckt. Die Lust auf Spiel, auf Tanz, auf Paarung und Gewalt. Die Gier nach Ausschweifung und Exzessen wollte gestillt werden.

Umgarnt von Florinda und Oktavia sah sie dem regen Treiben zu. In dieser Nacht war bereits genug geschehen. Sie wollte nicht – wie in all den anderen Nächten – von dem Strudel ausgelassener Wildheit verschluckt werden, wollte sich nicht an dem Fest der Wölfe berauschen, sondern ihr Glück und ihren Erfolg still und allein genießen. Berko war längst in der Meute verschwunden, nur hin und wieder tauchte sein Körper zwischen den herumtollenden, sich scherzhaft rangelnden, jagenden Artgenossen auf. Noch wurden die Weibchen nicht integriert; man hielt den gebotenen Abstand, der erst dann gebrochen wurde, wenn das Fest seinem Höhepunkt entgegenging.

Der Erste, der sich ihnen näherte, war der junge Schwarze, der mit Florinda liebäugelte. Unverhohlen paarungsbereit trat er auf sie zu, stubste sie sanft mit der Schnauze. Florinda grunzte wohlgefällig und bot ihm sofort ihr Hinterteil dar. Oktavia jedoch knurrte, warf sich auf den jungen Wolf, vertrieb ihn aus der Mitte der Weibchen und rückte näher an Florinda heran. Diese wandte den Kopf ab, um ihr Mißfallen an der Szene kundzutun. Dann erhob sie sich, ließ die Freundinnen mit einem verächtlichen Schnaufen stehen und bewegte sich langsam direkt in den Rummel aus erhitzten, dampfenden Leibern hinein.

Oktavia schaute ihr wehmütig nach. Tandra griff sanft in deren Fell und deutete mit den Augen auf einen großen, schönen Wolf, der stolz an ihnen vorbeischritt. Nimm ihn dir..., sollte das heißen, nimm ihn dir noch heute. Verschenke nicht eine kostbare Sekunde...

Dann stand sie allein am Rand der Lichtung. Die Siegerin dieser Nacht. Die Siegerin dieser einen Nacht, der so viele Nächte folgen würden. Still, nachdenklich und unbemerkt von den anderen sah sie dem wilden Treiben ihrer Artgenossen zu, denen alle menschlichen Regeln, all deren Zwänge fremd waren. Beobachtete die große, immer wiederkehrende Feier derer, die ihre eigenen Zwänge hatten. Viele tanzten ausgelassen und ekstatisch zur Musik der Nacht, die nur die Wölfe zu hören vermochten. Drei junge Männchen jagten Leona, einer von ihnen würde sie heute nacht bekommen. Unter der alten Eiche kämpften zwei Graue miteinander. Es war nur ein Spiel, nichts Beunruhigendes. Das hätte sie erkannt.

Tandra spürte eher als andere, wann aus spaßigem Gerangel blutiger Ernst werden konnte. Als der Kleinere der beiden dem Gegner seine Unterwürfigkeit bekundete, indem er sich auf den Rücken rollte, war die spielerische Auseinandersetzung bereits beendet.

Gefahr schien sich jedoch inmitten einer wild umherspringenden Meute zu entwickeln. Mehrere Wölfe bissen sich, schienen sich dabei ernsthaft zu verletzen. Tandra hatte die Kämpfenden nie zuvor gesehen. Das war bezeichnend für Wölfe, die neu waren auf der Lichtung. Sie kamen, um Ärger zu machen. Ihre Augen suchten nach Berko in dem grau-braun-schwarzen Gewimmel. Ja, natürlich, da war er bereits. Stieb auf die Eindringlinge zu, trieb sie mit kleinen, festen Bissen auseinander und jagte sie mit langen Sätzen von der Lichtung. Er war hier der, der für Ordnung sorgte, der, dem sie gehorchten. Er war das Gesetz.

Tandra wurde überflutet von einer Welle der Zuneigung, der Liebe zu ihm. Glück und Stolz verschleierten ihren Blick, ließen die Konturen des Mondes und der in den Himmel ragenden Baumwipfel vor ihren Augen verschwimmen, ihr Kehlkopf schmerzte vor zurückgehaltenen Tränen. Berko gehörte ihr. Noch immer. Wieder. Sie wußte, daß sie heute einen billigen Sieg errungen hatte und nicht zum letzten Mal hatte kämpfen müssen. Aber sie würde es immer wieder tun. Bis sie eines Nachts tatsächlich unterlag, weil sie zu alt und zu schwach geworden war für den Nachwuchs, der bereits jetzt auf ihre Position lauerte. Und dann würde sie sich dem Tod hingeben müssen. Aber ein Leben ohne ihn, ohne Berko, war ohnehin nicht mehr lebenswert.

Die milde Brise, die über die Lichtung gezogen war, wich einem kalten, beißenden Wind, der an ihrem Fell zerrte. Sie warf den Kopf zurück,

starrte mit brennenden Augen und schmerzendem Hals in die tiefschwarze Nacht und versuchte, die trüben Gedanken zu vergessen. Noch war es nicht an der Zeit, gehen zu müssen. Und so lange es möglich war, würde sie leben – leben für die Vollmondnächte mit dem Rudel und dessen Anführer.

Er wartete auf sie. Ungeduld blitzte aus seinen schwarzen Augen. Langsam schritt Tandra auf ihn zu, darum bemüht, den rechten Vorderlauf nicht mehr als nötig zu belasten.

Sie schämte sich ein wenig dafür, daß die Junge sie derartig hatte verletzen können. Dann stand sie neben ihm, ganz dicht, seinen Körper an ihrem spürend. Seine Wärme. Sein pulsierendes Blut. Den Kopf nicht einen Deut weniger erhoben als er, betrachtete sie mit ihm gemeinsam den schwarzen Wald, die stetige Veränderung des Mondes, die feiernden Wölfe. Eine leichte Erregung durchfuhr sie, als sie sich langsam abwandten. Der Weg zu dem Gesträuch, das die Lichtung säumte, wurde ihnen freigegeben, damit sie dort die Nacht beschließen konnten. Allein.

Tandra spürte seine Liebe und die – ja, wirklich – leise Bewunderung, die aus seinen Blicken und Gesten sprach. Tiefer und tiefer drängte er sie hinein in das Labyrinth aus feuchter, duftender Erde und taubenetzten Blättern.

Er liebkoste ihre Wunden, nun, da sie allein waren. Sie genoß seine Fürsorge, genoß es, daß sie jetzt schwach sein durfte – schwach sein sollte. Berko, der Anführer, allein war in der Lage, ihr die Geborgenheit zu geben, die sie so vermißte in den Stunden ohne ihn. Weil er stärker war als sie.

Immer und immer wieder zeigte Tandra ihm ihre Ergebenheit, bis es Zeit wurde, sich zu trennen.

Auf der Lichtung war es still geworden, als sie aus dem Schutz der dichten Vegetation hervortraten. Viele Wölfe hatten den Ort bereits verlassen, einige lagen noch lang ausgestreckt im kühlen Gras, ermattet von der wilden Nacht. Gemeinsam sorgten sie dafür, daß auch diese nun von der Lichtung verschwanden, denn am Horizont brachen bereits die ersten Lichter des herannahenden Tages durch die Wolken.

Noch ein zärtlicher Kuß von Berko, dann mußte auch Tandra den Wald verlassen.

Wer würde bei der nächsten Begegnung neben ihm sitzen?

Sie zitterte plötzlich vor Kälte, das Gehen fiel schwer, und ihr Kopf war erfüllt von wirren, unkontrollierbaren Gedanken, während Tandra auf ihren Bau zustrebte. Sie erschrak, als sich neben ihr eine grau-weiße Katze durch den Friedhofszaun schlängelte, um in der angrenzenden Siedlung zu verschwinden.

Die Katzen. Sie feierten ihre nächtlichen Feste nicht im Wald, sie feierten auf den Gräbern der Menschen. Aber bei Anbruch des Tages, wenn die Sünder zurückkehrten, waren sie alle gleich, nahmen dieselben Gefühle mit nach Hause. Tandra empfand Sympathie für das Tier, das sie längst wieder aus den Augen verloren hatte.

Es war taghell, als sie endlich ihren Unterschlupf erreichte. Ihr erschöpfter Körper verlangte nach Schlaf, doch ihr aufgewühltes Hirn ließ ihn nicht zu. Später, als es bereits wieder dämmerte, nahm sie etwas Nahrung zu sich und beseitigte die verräterischen Spuren ihres nächtlichen Ausflugs. Dann endlich fiel sie in einen tiefen, traumlosen Schlaf...

Montag früh.

Sie erhob sich mit lahmen Gliedern und schmerzendem Kopf, als ihr das Tageslicht grell in die Augen biß. Das auf der Lichtung Erlebte erschien ihr plötzlich unwirklich und bizarr. Etwas verwirrt in Erinnerung an das Geschehene putzte sie sich, kühlte ihren heißen Kopf mit klarem, kaltem Wasser und machte sich bereit für die Welt da draußen, vor der sie sich so sehr fürchtete. Weil in ihr andere Gefahren lauerten als in der Welt des Waldes, der Lichtung. Seufzend verließ sie ihren Bau, schmerzhaft war das Bewußtsein, daß eine lange Zeit der Entbehrungen vor ihr lag.

MARGIT SUEZ

HEDU

Der Hund, der keinen Namen hatte, begegnete zwei seiner Artgenossen. Püppi und Rex waren sich ihres Stellenwertes in der menschlichen Gesellschaft sehr wohl bewußt.

Die getrimmte und ondulierte Püppi rümpfte ihr Näschen, und Rex tat überheblich. Er war hier von seinem Herrn abgelegt worden und mußte auf ihn warten.

»Wie heißt du?« fragte er den Namenlosen.

Dieser überlegte. Dann erinnerte er sich plötzlich an den Menschen, den er sich ausgesucht hatte. Er nannte ihn immer »He – du«.

»Ich heiße Hedu«, sagte er deshalb.

»Du siehst aus, als wärst du noch nie gebadet worden«, rief Püppi.

»Ich bade selbst«, antwortete Hedu. »Wenn mir danach ist.«

»Und wer ist dein Herr?« fragte Rex.

»Ich habe keinen«, antwortete Hedu sorglos.

»Das ist ja furchtbar«, wisperte Püppi. »Dann schläfst du auch nicht in einem eigenen Daunenbett?«

Hedu wußte gar nicht, was das war. Doch Rex meinte, das Wichtigste wäre, daß andere Respekt vor einem hätten.

»Ich passe auf das Haus meines Herrn auf und verjage jeden, der sich nähert«, brüstete er sich.

»Auch, wenn du mal keine Lust dazu hast?« fragte Hedu.

»Ich muß eben«, war die Antwort.

»Und ich muß mit meinem Frauchen im Auto fahren und sie begleiten, weil sie es so will«, sagte Püppi.

Hedu dachte nach. Dann fragte er: »Ist Müssen eigentlich schön?«

Doch darauf wußten Rex und Püppi keine Antwort.

Plötzlich kam ein junger Mann und rief:

»He, du! Wo hast du denn gesteckt?« Er kraulte Hedu hinter den Ohren,

so wie Rex' Herrchen und Püppis Frauchen es auch mit ihnen machten.
Dann ging er weiter.

»Ist das wirklich nicht dein Herr?« fragte Rex.

»Nein, das ist mein Mensch«, antwortete Hedu.

»Mußt du denn nicht mit ihm gehen?«

»Ich gehe erst zu ihm, wenn ich wieder Hunger habe. Ich finde ihn immer. Aber wenn er mich braucht, helfe ich ihm beim Schafehüten. Es macht Spaß.«

»Spaß?« fragten Rex und Püppi überrascht.

Da kam Rex' Herr und befahl ihn zu sich. Mit einem Satz war Rex bei ihm. Auch Püppis Frauchen kam und nahm ihre straßbesetzte Leine. Während Rex und Püppi gehorsam mit ihnen gingen, schauten sie sich sehnsüchtig nach Hedu um. Er lag in der Sonne und schnarchte.

HEINRICH WIEDEMANN

DAS PROTOKOLL

Schon die geringste Regung auf dem lehnenlosen Drehstuhl, auf den sie ihn wieder gesetzt hatten, wurde für ihn zu einer schwindelerregenden Karussellfahrt. Die zentripetalen Kräfte unablässiger Fragen, die ihn auch in die innere Isolation zu schleudern drohten, waren übermächtig, weil er ihnen nur seine Ohnmacht entgegenzusetzen vermochte. Selbst die nackten Wände des fensterlosen Raumes flohen vor ihrer eigenen Uniformität in eine asymmetrische Perspektive. Punkte wuchsen sich zu endlosen Linien aus. Linien zerfielen zu Myriaden von Punkten.

Der Schreibtisch zwischen ihm, José Vargas, Häftling Numero 2345, und dem Polizeioffizier, der ihn verhörte, türmte sich zu einem unüberwindlichen Berg auf, der in stereotypen Beschuldigungen gipfelte. José war müde. Sehr müde war er. Abgekämpft. Nach so vielen Verhören. Wieviele, das wußte José schon nicht mehr. Er hatte damit aufgehört, sie zu zählen. Was allein für ihn zählte, war, daß er das Protokoll nicht unterschrieben hatte. Immer noch nicht. Hartnäckig hatte er sich geweigert, seine Unterschrift unter das zu setzen, was sie ihm anhängen wollten. Unmißverständlich hatte er den Kopf geschüttelt. Sich lieber halb tot schlagen lassen, als Dinge zuzugeben, die er nicht getan hatte. Was er getan hatte, stand sowieso nicht in dem Schriftstück. Daß er die Wahrheit gesagt hatte. Nur die Wahrheit. Oder hätte er dem Regime mit seiner Unterschrift noch ein nach Rechtmäßigkeit riechendes Alibi für all die Unrechtmäßigkeiten verschaffen sollen? Nein, das durfte er nicht. Das konnte er auch nicht. Auch, wenn sie immer noch raffiniertere Methoden ersannen, um Geständnisse, die sie hören wollten, zu erpressen. Auch sein Geständnis. Sein Eingeständnis. Und auch wenn er nur noch Haut und Knochen, sein Körper mit Wundstellen und Narben übersät war, er war er selbst geblieben: José Vargas. Nichts hatten sie daran ändern können. Nicht ein Jota. Dies zu wissen, hatte ihn über

Wasser gehalten. Die letzten Kraftreserven in ihm mobilisiert. Die allerletzten.

Eine bleierne Schwere hatte sich an seine Beine gehängt. Die Arme, die sie ihm über Kreuz auf dem Rücken zusammengebunden hatten, waren wie abgestorben. Als ob es gar nicht seine Arme seien, sondern die eines anderen. Die Arme von einem, der schon lange vor ihm auf dem Drehstuhl gesessen hatte. Oder von einem, der schon bald nach ihm auf dem Stuhl sitzen würde. Die Arme von irgendeinem von denen, von denen er irgendeiner war.

»José Vargas!« Wie ein eiskalter Wasserstrahl traf ihn die Stimme des Polizeioffiziers. Mitten ins Gesicht traf sie ihn. Jetzt erst begriff José, wo er war. Wer er war. Daß er er war. Der, der wieder geträumt hatte. Wenn auch nur einen Augenblick lang. Den immer gleichen Traum. Den Traum seines Lebens. Bis sich wieder alles um ihn herum zu drehen begann. Vor ihm floh. Bis sich selbst die letzte Spur seiner Gedanken verflüchtigte. Wie das Gesicht des Polizeioffiziers, das nur die harten Kanten der Backenknochen hinterließ. Das hammerförmige Kinn. Den schräg nach unten abgewinkelten Oberlippenbart, der die scharfe Schneide des Mundes verdeckte. Eine gewisse Konzilianz vortäuschte. Eine gespielte Freundlichkeit. Da war es wieder, dieses Gesicht. Es kam direkt auf José zu. Um sich wieder zu entfernen. Und wiederzukommen. Hin- und hergeschoben, wie auf einer Gleitschiene, die bis zum Horizont reichte. Bis an die Peripherie der Welt, hinter der vielleicht eine bessere sein mochte. Vielleicht. Wie glühende Kohlen brannten sich die Blicke des Polizeioffiziers in Josés Gedanken hinein. Wie glimmende Zigarettenkippen, die sie ihm bei fast jedem Verhör auf der Haut ausgedrückt hatten. Auf dem Rücken. Auf der Brust. Am Hals. In den Achselhöhlen.

»José Vargas!« Weit tat sich der Rachen auf, der seinen Namen ausspie. Der Rachen eines hungrigen Krokodils, dessen Zähne ihn ergriffen, an sich rissen, fortschleiften. In einen unübersehbaren, übelriechenden Sumpf hinein, in dem unzählige Alligatoren begierig auf Beute warteten. José spürte, wie sie über ihn herfielen. Wie sie ihm die Gliedmaßen ausrissen. Wie sie seinen Rumpf zerfetzten. Bis nur noch der Kopf übrigblieb, den er als hohle Glaskugel über den Schreibtisch vor ihm rollen sah. Zu Boden fallen. In tausend Scherben zersplittern. Zertrüm-

merte Atome. Vom Gesicht des Polizeioffiziers war nun nur noch die Nase zu sehen. Eine langgezogene, spitze Nase, die sich zu einem monströsen Saugrüssel aufblähte. Zu einem klebrigen Tentakel wurde. Zum Muskelarm eines riesigen Polypen, der sich um Josés Hals legte, José die Kehle zuschnürte. Ihm die Luft abwürgte. Bis er sich in eine bodenlose Tiefe fallen fühlte. In eine tiefe Bodenlosigkeit.

»José Vargas!« Hatten sie seinen Namen nicht schon längst abgehakt, in ihren Listen gestrichen? War seine Existenz nicht ausradiert, jede Erinnerung an ihn ausgelöscht? Trieb er nicht bereits im Vakuum der Anonymität? Im davoneilenden Fluß des Vergessens? Salziger Schweiß stand ihm auf der Stirn, rann ihm über die Wangen. Verfing sich in Tropfen in den Brusthaaren. Wie völlig erschöpfte, todmüde Zugvögel im Netz.

»José Vargas!« Die Stimme des Polizeioffiziers explodierte. Oder waren dessen Schreie nur das Echo auf Josés Schreie, die er ausstieß, wenn er bei den Verhören die auf die Hoden zielenden Stromstöße nicht mehr aushielt? Schreie oder Echo. Echo oder Schreie. Wo war da der Unterschied? Die Realität war zur Illusion geworden. Die Illusion zur Realität. Alles lief auf eines hinaus. Auf die Unterschrift. Auf Josés Unterschrift. Auf das Protokoll. José hörte die zerhackten Sätze, die der Polizeioffizier von dem Blatt Papier ablas. Die gleichen. Immer die gleichen Sätze. Bruchstücke einer Gegenwart, die doch schon Vergangenheit war. Oder Zukunft? Wie Gewehrschüsse peitschten die Vokale durch den alle Dimensionen sprengenden Raum. Wie das letzte Röcheln eines Strangulierten krochen die Konsonanten in ihm hoch. Einer der beiden Polizisten, die ihn hergebracht hatten, drückte ihm einen Kugelschreiber in die Hand. Als José ihn fallen ließ, weil er keinen Finger mehr rühren konnte, verschloß ihm die volle Wucht eines Fausthiebs den Mund. José kippte nach vorn, schlug mit dem Kopf auf der Schreibtischkante auf. Das Gesicht war mit Blut verschmiert. Nach allen Richtungen rann das Blut. Auch auf das Protokoll, das José mit dem Gesicht bedeckte. Auf dem Papier Zeichen hinterlassend, die man als Buchstaben hätte deuten können. Als Josés Unterschrift, die er unter sein Gewissen gesetzt hatte. Seinen Namen. Seinen vollen Namen, dessen Schatten ihm noch auf der Stirn lag, als sie den leblosen Körper hinausschleiften. In die Freiheit. Die nun auch Josés Freiheit war.

INGRID WÜRTENBERGER

BEBEN

Sie hatte sich wie eine Schlange gedreht und gewunden in der Enge, die sie umschlossen hielt. Um ihre Befreiung kämpfend, wurden unmittelbar wirksam werdende Selbsterhaltungsinstinkte in ihr geweckt. Als sie auf den ersten, schmalen Lichtschein zukroch, war es wie Geborenwerden. Erschöpft und zerschunden wieder im Freien, entdeckte sie erst, was sich ereignet hatte. Die Anlage der Ferienhäuser, wo sie mit Viktor die Ferien verbracht hatte, war zerstört. Erbärmliche Trümmerhaufen, in deren Umfeld sich nichts mehr regte.

Lena strich sich die verklebten Haare aus dem Gesicht, sah auf die Fetzen ihres Cocktailkleides und den einen Schuh, den sie noch trug. Ihre Gedanken bestanden ebenso aus Fetzen, es fehlten Verbindungsstücke, nichts wollte sich mehr zusammenfügen lassen. Sie wußte nur, daß sie sich auf der Insel befand und sich jetzt weitertasten mußte zu dem Hotel, das vielleicht noch stand.

In ihrer Benommenheit begann sie, planlos herumzuirren, als plötzlich einer der kleinen Hotelboys vor ihr stand und sie anstarrte wie ein Gespenst. In einer Art abergläubischer Ängstlichkeit wagte er nicht, ihre Hand zu berühren, sondern bedeutete ihr nur stumm, ihm zu folgen. Er brachte sie zu dem Platz, wo das Hotelgebäude, wie von Baggerstößen eingedrückt, dem Beben zu trotzen versucht hatte. In der verwüsteten tropischen Pracht waren ein Arzt und einige Helfer dabei, sich der Verletzten anzunehmen. Als Lena auftauchte, hielten sich bei ihnen Überraschung und Erschrecken die Waage. Man hatte das Trümmerfeld der Bungalow-Anlage gründlich abgesucht, bis sich weitere Nachforschungen zu erübrigen schienen, und nun diese junge Frau hier, die wie der Beweis eines Wunders der Vernichtung entkommen war.

Lena wurde vorsichtig angesprochen, sie erfuhr von den Ausmaßen des Unglücks, und dann folgte die Frage nach Viktor. Lena gab an, daß sie

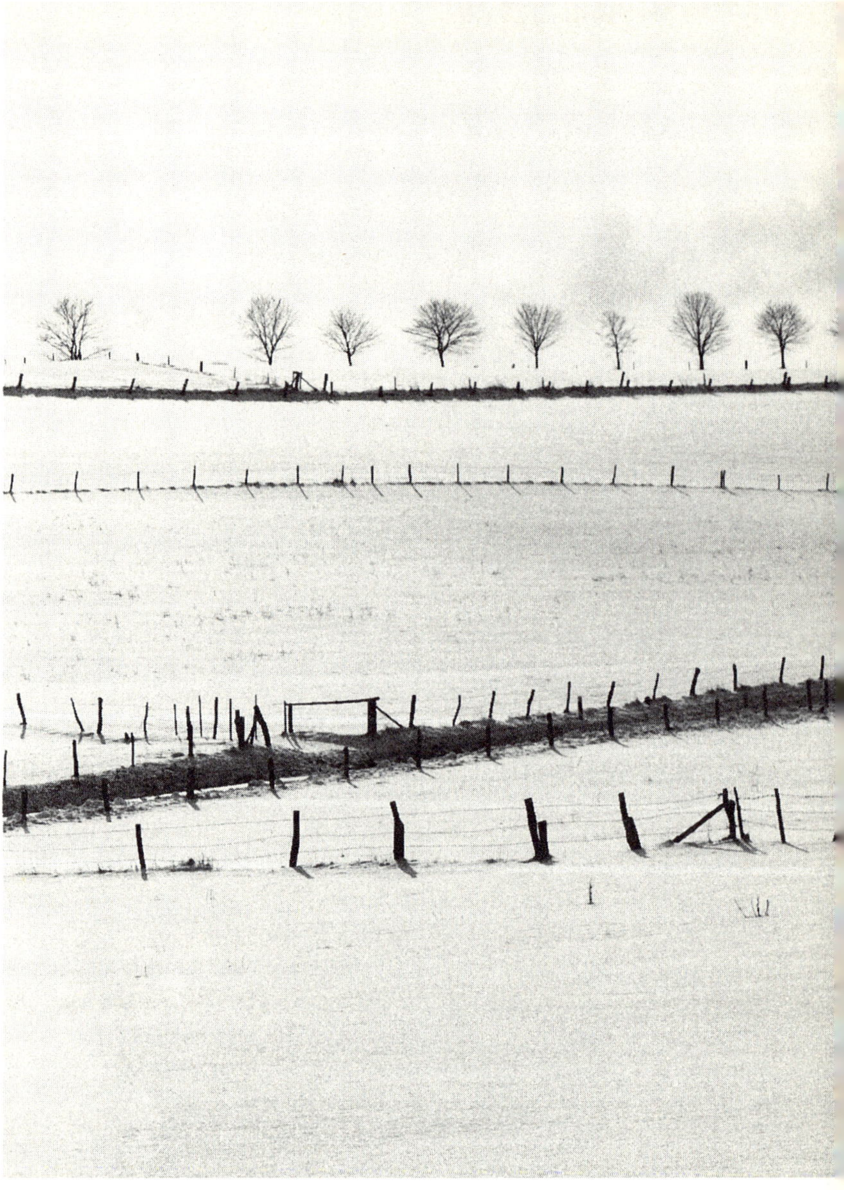

beide im Haus gewesen seien, als sie von der jäh einsetzenden Zerstörung überrascht wurden. Danach mußte sie ohne Bewußtsein gewesen
sein, und als sie wieder zu sich kam, war nur noch Dunkel um sie. Von
Viktors Verbleib hatte sie nichts mehr wahrgenommen. Dort unten,
unter den Trümmern, hatte sie nur noch das harte Dröhnen des eigenen
Herzens im Ohr.

Es war Nacht, als Lena, von den Angstbildern getrieben, aufwachte und
leise das provisorische Zelt verließ, in dem die anderen Geretteten
reglos schliefen. Sie suchte den Weg zurück zur Unglücksstelle. Sie
suchte auch den anderen Weg zurück, den der irreparablen Entfremdung
zwischen Viktor und ihr. Der leidenschaftliche Beginn ihrer Beziehung
zueinander hatte nichts Haltbares entwickelt. Unterschiedliche Berufsin-
teressen, grundverschiedene Freundschaften, Viktors erste Untreue, die
sie mit einer raschen Affäre, unwillig gegen sich selbst, beantwortet
hatte, hatten eine feinmaschige gegenseitige Abneigung begründet. Es
war zu Szenen überspannter Reizbarkeit und aufflammenden Hasses
gekommen. Nach einer langen Phase der Kälte und des Schweigens kam
der Plan für diese Reise, wo man auf neutralem Boden den endgültigen
Entschluß und die Modalitäten der Trennung durchsprechen würde.

Wie Pfeile schoß es durch Lenas Gedanken, als sie mühsam die Einsturz-
stelle gefunden hatte und plötzlich die Frage vor ihr stand: Wozu hat es
mich noch einmal hierher geführt? Es gibt nichts zu bedauern, das
Schicksal selbst hat eingegriffen. Ich lebe, und er liegt unter den Trümmern, und bald wird alles zugewalzt sein, auch unser ganzes verfehltes
Miteinander. Sie wurde dabei erfaßt von einem Gefühl unendlicher
Freiheit, die sie mit anwachsender Heftigkeit während der letzten Zeit
mit Viktor herbeigewünscht hatte. Dennoch schreckte sie vor dieser
Stelle zurück, die Viktor begraben hielt. Unter dem halben Mond
verteilten sich Licht und Schatten zu unheimlichen Gebilden, die bewe-
gungslose Stille des Todes lastete über der Unglücksstelle.

Lena fühlte Tränen der Erschöpfung in sich aufsteigen, doch dann setzte
sie entschlossen zur Umkehr in das Krankenzelt an. Als sie sich umwen-
dete, wurde sie von einem kaum wahrnehmbaren Geräusch zurückgehalten, es klang sehr weit entfernt, und als sie wie angewurzelt stehen blieb,
hörte sie ihren Namen: »Leee-na«, gedehnt, wie nur Viktor ihn aus-

sprach. Alles in ihr bäumte sich auf und wurde zu einem einzigen »Nein«.
Das über sie beide verhängte Urteil konnte seine Endgültigkeit nicht
verloren haben. Sie mußte fort von hier, damit das Schicksal seine
Folgerichtigkeit behielt. Das Nie-Mehr war hier besiegelt worden,
redete sie sich ein. Ihre überreizten Nerven waren wohl Sinnestäuschun-
gen erlegen. Es sei nichts gewesen als die tropische Nacht mit den ihr
unvertrauten Geräuschen, die sie irritiert hätten. Sie schaute noch einmal
verstört um sich, bevor sie sich wie heimlich entfernte. »Leee-na«, rief es
leise.
Sie kam unbeobachtet wieder zum Krankenzelt zurück. Am folgenden
Morgen teilte man ihr mit, daß sie schon mittags mit einem Rettungshub-
schrauber zum Festland zurückgebracht werden sollte. In fremden, eilig
zusammengesuchten Kleidungsstücken saß sie und wartete auf den Flug,
und daß man über sie verfüge, wie es bei Unglücksfällen immer gehand-
habt wurde.
Auf dem Festland begrüßte man die Geretteten fast wie Helden. Hände
streckten sich nach ihnen aus, Kameras wurden gezückt.
Bevor Lena die Maschine verließ, drehte sie sich wie von fremder Hand
gelenkt und mit eckigen Bewegungen, die nicht ihre zu sein schienen, zu
dem Piloten und erklärte ihm, wo man noch nach einem Verschütteten
zu suchen habe. Danach machte sie kehrt mit dem ausdruckslosen
Gesicht eines Meldegängers, der soeben die Überquerung eines Minen-
feldes überstanden hatte.

Die Autoren

Gustav Damann (Pseudonym von Gottfried Rehm), geb. 1926, lebt in Fulda, Musiklehrer.

Heinz Dietz, geb. 1953, Beamter, lebt in Herdecke.

Jürgen Flenker, geb. 1964, lebt in Münster, Redakteur in einem Fachverlag.

Frithjof Fratzer, geb. 1934, freier Autor, lebt in Boppard.

Christine Gansen-Hainze, geb. 1929, lebt in Bonn, Rechtsanwältin und freie Autorin.

Renate Göschel, geb. 1966, lebt in Göppingen, Verwaltungsbeamte im Umweltschutzamt.

Marcel Hänggi, geb. 1969, lebt im schweizerischen Dielsdorf im Zürcher Unterland, Texter und Reiseführer.

Reginald Hanicke, geb. 1961, lebt in Berlin, freier Journalist und Redakteur.

Burkhard Hedtmann, geb. 1957, lebt und arbeitet in seinem „Burktheater" in Kutenhausen bei Minden.
Der Text wurde dem Buch „Nur vom Allerfeinsten", erschienen im Burk-Verlag in 4950 Minden-Kutenhausen, entnommen.

Sibylle Hösch, geb. 1969, lebt in Wolfratshausen, Studentin der Betriebswirtschaft.

Dietmar Hösl, geb. 1959, lebt in Dortmund, Polier und Industriekaufmann.

Christiane Krause, geb. 1947, lebt in München.

Hans Kreiner, geb. 1931, lebt in Bad Vöslau/Österreich, bis zur Pensionierung als selbständiger Handwerker tätig.

Rudy Kupferschmitt, geb. 1954, lebt in Ludwigshafen, als Diplom-Volkswirt freiberuflich tätig.

Edith Leidag, geb. 1949, lebt in Dortmund, in der Kommunalverwaltung tätig.

Anke Levermann, lebt in Bochum.

Werner Lindemann, geb . 1926, lebt in Rostock, Berufsschullehrer und freier Autor.

Birgit Nowiasz-Otten, geb. 1964, lebt in Herne, Stadtoberinspektorin.

Herdecke von Renteln, geb. 1927, lebt in Hamburg.

Theo Schmich, geb. 1935, lebt in Essen, Chemieingenieur.

Suse Schneider-Kleinheinz, geb. 1928, lebt in Friedberg.

Heinrich Schröter, geb. 1917, lebt in Wiesbaden, freier Autor.

Bettina Sternberg, geb. 1961, lebt in Helmstedt, in der Verwaltung tätig.

Margit Suez, lebt in Karlsbad-Spielberg.

Heinrich Wiedemann, lebt als Diplom-Forstingenieur in Lindenberg/
Allgäu.

Ingrid Würtenberger, lebt in Freiburg im Breisgau.

Ein Hinweis zum Schluß

Kristiane Allert-Wybranietz wird auch weiterhin unveröffentlichte poetische Texte und Gedichte sammeln. Für 1995 hat sie bereits den fünften Band mit unbekannten Poeten geplant. Sie freut sich über jedes neue Manuskript, das zu ihr gelangt. Die große Anzahl der bisher eingesandten Texte hat allerdings gezeigt, daß es leider nicht möglich ist, alle Originale wieder zurückzuschicken. Daher die herzliche Bitte: Schicken Sie Ihre Texte nur in Kopie an folgende Adresse:

Kristiane Allert-Wybranietz
Zum Horsthof 6
31749 Auetal-Rolfshagen

Ich. Du. Wir.
Menschen im Geflecht
ihrer Beziehungen.
Gedichte und Gedanken
von Kristiane
Allert-Wybranietz.

Du sprichst von Nähe
Verschenk-Texte
84 Seiten
ISBN 3-453-02295-5

**Farbe will ich,
nicht Schwarzweiß**
Verschenk-Texte
96 Seiten
ISBN 3-453-05564-0

**Der ganze Himmel
steht uns zur Verfügung**
Verschenk-Texte
96 Seiten
ISBN 3-453-03986-6

Dem Leben auf der Spur
Verschenk-Texte
96 Seiten
ISBN 3-453-00549-X

WILHELM HEYNE VERLAG
MÜNCHEN

Kleine Brücken
in der Anonymität des Alltags,
Ausdruck von Gedanken,
die viele bewegen:
Poetische Texte von
unbekannten Autoren, gesammelt
und ausgewählt von
Kristiane Allert-Wybranietz.

**Schweigen brennt
unter der Haut**
Poetische Texte
ISBN 3-453-04772-9

Abseits der Eitelkeiten
Poetische Texte
ISBN 3-453-00020-X

Wir selbst sind der Preis
Poetische Texte
ISBN 3-453-03219-5

**Stark genug,
um schwach zu sein**
Poetische Texte
ISBN 3-453-06316-3

WILHELM HEYNE VERLAG
MÜNCHEN